丘の上の賢人

旅屋おかえり

原田マハ

集英社文庫

目次

丘の上の賢人

旅屋おかえり

丘の上の賢人

1

どんなことより旅が好きだ。

ひとり旅をして、心ゆくまで楽しみたい。面倒なことがあるならリセットするために旅に出たい。幸せなとき、さびしいとき、退屈なとき、忙しいとき。つまり、いつだって旅をしていたい。

だから、芸能界に入って一番うれしかったのは、仕事で旅ができるようになったこと。それから、旅番組にレギュラー出演できたこと。いっそ、タレントなんかじゃなくて、肩書きを「旅人」に変えようかな、なんて本気で思っていたくらい。

私の芸名「丘(おか)えりか」は、お世話になっている芸能プロダクション「よろずやプロ」の萬鉄壁(よろずてっぺき)社長――名刺の肩書きに「元プロボクサー、いま社長」とわかりやすく書いてある――がつけてくれた。略して「おかえり」。でも、どうせ旅するのが専門のタレントになるなら、いっそ、

「一滴ます恵・略して『いってきます』……ってほうがよかったかもしれねえな」

などと、いま頃になって言っている。いかつい体格に四角いハゲ頭、我が社のおやじさんは、ちょっとサムいお笑いセンスの持ち主でもある。

「あらあ、いまからだって遅くないわよ。えりかちゃんはさ、芸能人としては活動停止したんだから、心機一転、名前も変えちゃえばいいのよ」

いらないフォローを入れてくるのは、よろずやプロの事務及び経理担当副社長、澄川のんのさんだ。その昔セクシーアイドル、いまは事務所のアイドルという触れ込みで、いつも色っぽいファッションと重層的なメイクに余念がない。余計なお世話と毒舌で社長と私に強烈パンチをかましてくる、頼もしい我が社の財務大臣である。

濃すぎるこのふたりの前では、よろずやプロ唯一のタレントである私は、消え入りそうな薄い影になっているんじゃないかと思う。いっそ私がマネージャーになって、このふたりをスベる専門のタレントにして推したほうが成功するかも。

芸能人になれども影が薄すぎた私は、唯一のレギュラー番組「ちょびっ旅」で、スポンサー名を言い間違えたと責められ、降板の憂き目にあった。それを潮目と芸能界を引退する道もあったが、私には故郷である北海道・礼文島に帰れない理由があった。

十八歳で芸能界入りをするにあたって、私は、病気で他界した父と遺された家族に約束したのだ。これから進む道で花開くまで、決して帰らないからと。

この道はまだ途中。花咲かぬまま引くわけにはいかない。とはいえ、進むこともできない。

一体どうしたらいいんだろう——と思い悩んでいた矢先、「病気の娘に代わって旅をしていただけませんか」という依頼が舞い込んだ。華道の家元夫人、鵜野さんからのその依頼を受け、私は秋田の角館へと旅をした。そして、娘の真与さんのためにとっておきの映像を「旅の成果物」として届けたのだ。

この依頼をきっかけに、鉄壁社長が思いついたのが、聞いたこともない新ビジネス。

旅屋おかえり。あなたの旅、代行します！

東京都港区赤坂の外れ、古い雑居ビルの一室に、我が「よろずやプロ」がある。

いつものように、社長室からダミ声の歌が聞こえてくる。毎度のことで、同じフレーズを何度も何度も繰り返している。まったく好きで聴いてるわけじゃないけど、こういうのも「鬼リピ」っていうんだろうか。

どうやら、社長が大好きなザ・ビートルズの曲。「All You Need Is Love 愛こそはすべて」のサビの部分のようだ。

聴きたくもない社長の鼻歌をBGMに、さっきからのんのさんと私は、旧式のパソコンとにらめっこしながら、やっぱりいつものようにカチカチカチカチ、クリックを続けている。「旅屋」への依頼メールを光速チェックするのは、私たちふたりの大切な日課になっていた。

「ところでさあ。『フール・オン・ザ・ヒル』って、どっかのロックバンドの曲だっけ?」

唐突に訊いてきた。

スパムメールでも引っかけたのかな、と思いつつ、「ビートルズの曲ですよ」と答えて、「社長の大好きな」と付け加えた。

カラオケに行くと、意外にも、社長はいつもビートルズを歌う。英語がからきしダメなので、自分でつけた日本語歌詞(それもかなり適当)で歌うのだ。もっとも好きな曲は、「愛こそはすべて」と、「The Fool On The Hill(丘の上の馬鹿)」だった。

ややあって、

「……あら、ひどい」

のんのさんがつぶやくのが聞こえてきた。無視していたが、「ちょっと、やめて」

「あら、あら」と独り言を連発しているので、がまんできなくなった。のんのさんのほうを向いて、「いたずらメールですか？」と訊いてみた。

のんのさんが、こっちに来てみろ、と手招きをしている。私は席を立って、のんのさんの隣に立った。

パソコンの画面に、動画サイトの静止画像が映し出されている。「フール・オン・ザ・ヒル」とタイトルがついている。のんのさんがマウスをクリックすると、動画が始まった。

ピアノの軽快なイントロで、ＢＧＭが流れ出す。

ポール・マッカートニーの少しけだるい歌声。くる日もくる日も、ひとりぼっちで丘の上で、じっとしたまま動かない謎の男の姿を歌った曲だ。

どう見ても頭がいかれている変人にしか見えない。けれど、何事かの真理に気がついてしまったかのように、彼は世界にまなざしを注ぎ続けている——そんな歌。

やっぱり、ザ・ビートルズの「フール・オン・ザ・ヒル」だ。が、私は曲のことよりも、動画から目が離せなかった。

どこかの広々とした公園、といっても、かなりスケールの大きい緑地の真ん中が、突然隆起したようにきれいな芝生の丘になっている。その丘の上に、ぽつんと座りこむ人影がある。

　遠くから映しているのではっきりとは見えないが、中年の男性のようだ。粗末そうなシャツとズボンを身につけて、じっと座っている。両手で膝を抱えて、そのまま、いつまでも動かない。

　観光地なのだろうか、彼の周辺を行き来する人々が見える。家族連れ、カップル、大学生のグループ……。座り続ける男性にかまう人はなく、笑ったりはしゃいだりしながら、彼のそばを通り過ぎていく。ホームレスの人かな、と思った瞬間。

　男性の後ろにひとりの若者がすっと立った。そして突然、背中を蹴飛ばしたのだ。

「あっ」と私は無意識に声を上げた。

　男性は急な丘の斜面をごろごろと転がり、途中で止まった。若者たちの群れがその後を追っていき、無防備に横たわる男性をサッカーボールのように蹴り回して笑っている。周辺に誰かいるはずなのに、助けに入る人もいない。男性は体を屈(かが)め、頭を両腕で庇(かば)って、若者たちに蹴られるままになっている。

「ちょっ……ひどい！」私は思わず叫んだ。

「何この動画撮ってる人!?　助けにいかないの!?」

　やがて若者たちが去ると、男性は、ゆっくりと体を起こしてよろよろと立ち上がった。転げ落ちた丘の斜面を登り始める。そして、もとの位置に戻ると、さっきと同じように、両手で膝を抱えてまた動かなくなった。

「フール・オン・ザ・ヒル」の牧歌的なメロディが流れ続け、カメラは座り続ける男性を遠巻きに眺めるだけだ。それは、彼が虐待されているのを見ても、面倒なことには巻きこまれたくない、と敬遠する通りすがりの人々の目そのものだった。

私はがまんできなくなって、手を伸ばすと、のんのさんの右手からマウスを奪い、動画を停止した。

「なんでこんな動画見てるんですか。こんなの見る必要がどこにあるんですか」

強い口調で、私は思わずのんのさんを責めた。悲しく、むなしい動画だった。投稿の日付はつい一週間まえ、動画へのアクセスは一万を超えていた。

こんな動画、誰にも見てほしくはないし、見たくもなかったのに。

のんのさんは、ふいに私の顔を見上げると、

「依頼人のメールにリンク張ってあったから」

そう答えた。


はじめまして。東京都在住の古澤（ふるさわ）めぐみと申します。アクセサリーデザイナーをし

ております。

おかえりさんの「ちょびっ旅」は、ずっと拝見していました。私も北海道出身で、同郷のおかえりさんの元気いっぱいでさわやかな感じが大好きでしたので。それどころか、デビューされた頃から応援させていただいていました。

「ちょびっ旅」が終わってしまって、どうしちゃったのかな、と思っていたところ、偶然、このサイトをみつけました。おかえりさんが「旅屋」を始められたと知って、まさか、とは思いましたが、心が騒ぐのを止めることができず、思い切ってメールをさせていただいた次第です。

やはり偶然なのですが、動画サイトで「フール・オン・ザ・ヒル」という投稿をみつけました。リンクを張っておきますので、一度ごらんいただきたく存じます。

私が希望する旅。それは、この動画に登場する人物、丘の上に座りこんでいる男性に会いにいっていただく旅です。

この「丘」のある場所は、北海道札幌市東区、モエレ沼公園です。私のふるさとにある、彫刻家イサム・ノグチがデザインした、この世でもっとも美しい人造の公園です。

メールで詳細をお伝えすることは控えさせていただきますが、私はふるさとを出奔して以来、十八年以上帰っておりません。

帰りたい、とは思うものの、諸般の事情で、いまなお帰れずにいるのです。

そして、この動画に登場する丘の上の人物は――ひょっとすると、なのですが――かつて私の恋人だった人のような気がしてならないのです。

なつかしい私のふるさと。いまは、どうなっているのでしょうか。

もちろん、ネットで見ることは簡単です。開発が進み、さまざまなお店が増え、ずいぶん変わったこともわかっています。長い時間をかけて、モエレ沼公園が完成したことも知っています。

けれど、冷たいコンピューターの画面から、ふるさとの風は吹いてきません。街をゆく人々の活気も伝わらないし、とれたての野菜の味もしません。しみわたるような青い初夏の空も見えません。

ひょっとすると、おかえりさんなら、存分に旅をして、そのすべてを伝えてくださるんじゃないか。そう思いいたったのです。

そして、丘の上の人物に、そっと声をかけてくださるんじゃないか、とも。

いま、私の胸をいっぱいにしているせつない望み。それを、このメールに託したいと思います。

「ねえ。このメール、マジなんじゃない？」

事務机の上に頬杖（ほおづえ）をついて、のんのさんがつぶやく。

「どうやら、そのようですね」

私もつぶやいた。声が少し、震えてしまった。

北海道、札幌市。それは、私のふるさと・礼文島から、もっとも近くてもっとも遠い都会だった。

島を出て十四年。その間、私は一度も故郷に帰っていなかった。それどころか、「ちょびっ旅」でも他の仕事でもプライベートでも、北海道へ一度も足を踏み入れたことがなかったのだ。

北海道での仕事は一切しない。

あるとき私が宣言してから、社長は北海道関係の仕事をすべて断っていた。詳しい理由をあえて訊かずにいてくれたことに、どんなに救われただろう。

帰れない理由があった。けれど、誰にも話したくなかった。

帰りたい、とは思うものの、諸般の事情で、いまなお帰れずにいるのです。

メールの中の一文が、心の底に、暗く重たく響いた。依頼人の言葉は、私の気持ちそのものだった。

丘の上に座り続ける人物の静止画像をしばらくみつめてから、私は一瞬、目を閉じた。もうそれ以上、見たくはなかった。

この依頼は、受けられない。

このさき、花開くまでは決して帰らない、と心に決めていた北の大地へ、ふるさとにほど近い街へ——旅することなど、私にはできないのだ。

2

六月上旬のとある金曜日、夕方六時。

鉄壁社長と私は、新たな旅の依頼人（クライアント）・古澤めぐみさんの来訪を受けることになった。

ぎりぎりまで、私は迷っていた。会わないほうがいいんじゃないか、いや、絶対に会わないほうがいい。だって、会ってしまったら、そして事情を聞いてしまったら、きっと旅の代理人を引き受けてしまうに違いなかったから。

依頼メールの内容を読んでも、そしてリンクしていたネットの動画を見ても、何かとても深い事情がありそうだった。

「この依頼人、会社の経営者ってことだし、ギャラの支払いもよさそうじゃない？　とにかく、話聞くだけ聞いてみなさいよ」

のんのさんに熱心に口説かれ、

「なんとなればおれが断ってやるから。千通に一通しかないまともな依頼メールなんだ。後学のためにもケーススタディしておいたほうがいいだろ」

社長は使い慣れない「ケーススタディ」なんて言葉まで持ち出す始末だ。

私はかたくなに拒むつもりでいた。けれど拒みきれない予感があった。だって、ギャラとかケーススタディとか関係なしに、すでに気になってしまっていたのだ。

依頼人の事情はもちろんだが、それよりも、もっと気になること。

ネットに投稿されていた動画。札幌市にあるモエレ沼公園らしき場所の――丘の上に座りこんでいた人物の事情。


「旅屋おかえり」のホームページを立ち上げて以来、ようやくまともな依頼メールを受けて、社長は俄然(がぜん)色めき立った。が、私が浮かない顔をしているのを見て、すぐに行き先が問題であることに気がついた。

「北海道っていっても、お前の故郷の礼文島じゃなくて、札幌だぞ。それでもいやなんだよな」

そう訊かれて、私は黙ってうなずいた。

仕事であれプライベートであれ、私が北海道に行きたがらないことを、社長はとうにわかっていた。「ちょびっ旅」にレギュラー出演していたときも、番組プロダクション側に「北海道は『なし』で」と最初から申し入れてくれていた。

芸能界では、いかなるタレントにも「触れてはいけないこと（アンタッチャブルな）」というものがある。背が低いとか、実はかつら（ヅラ）だとか、身体的なことはもちろん、過去の話やプライベートな暮らし、色恋沙汰、さまざまにある。だから、詳しい説明もなく「○○は『なし』で」とタレントの所属プロダクションに釘（くぎ）を刺されれば、以後、そのことには一切触れてはいけない。そういう暗黙のルールがある。私の場合は、北海道がそれだった。

社長としては、旅番組のレギュラーを取ったからには、行けない地域があるということこそ「なし」にしたかったに違いない。けれど、私から事情を聞かされることもないまま、黙って北海道をパンドラの箱に入れてくれた。社長の思いやりに、どれほど感謝したことだろう。

十八歳で芸能界にデビューして以来、私は一度も故郷に帰っていなかった。

最初の一年はデビューしたばかりで、目の回る忙しさだった。一ヵ月に二日ほどしかオフの日がない。当然、盆暮れもなかった。けれど、新しく踏みこんだ世界のまぶしさに、若かった私はすっかり目をくらませていた。

多忙な日々は刺激的でもあった。憧れの東京で憧れの職業に就いている自分に酔いしれてもいた。男の子たちに騒がれたり、ちやほやされたりするのがたまらなく快感になっていた。毎日を意味もなくときめいて過ごす十代の女の子になら、あの頃の私の気持ちをわかってもらえると思う。

さいはての地から華やかな都会へやってきて、おしゃれなマンションに住み、送り迎えにマネージャーが車でやってくる。地方へ行くには、新幹線ならグリーン車、飛行機でもアップグレードした席で。ブランドバッグを持ち、流行りの服や花束、かわいいぬいぐるみを次々にプレゼントされ、人気のレストランにも連れていってもらえる。そのうえ、いままではテレビでしか見たことのない芸能人に、テレビ局で間近に会ったり、雑誌の対談で親しく話したりもできる。こんな生活を送って、一般人としての感覚が麻痺しないほうがおかしい。

私を東京へと押し出してくれたのは父だった。その父が他界したとき、母と約束したのだ。花開くまでは故郷へ帰らないと。

でも、こんなに忙しくなったんだから、故郷に錦を飾る日はきっとすぐ来る――と、私は調子に乗っていた。

デビューから二年経って、仕事が減ってきた。これじゃだめだと気が急いて、やっぱり故郷に帰れなかった。

ちょうどその頃、超イケメン新人、慶田盛元が事務所に現れた。またたくまに恋に落ちた。それでいっそう、帰れなくなった。

東京に遊びにおいで、と恵太を誘ったりもしたが、「姉ちゃん、忙しいべ？　邪魔したくないから」と遠慮された。

恵太は、他界した父の仕事を継いで、高校を卒業すると同時に漁師になった。父ちゃんのしてた仕事をおれもやるんだ、と電話ではうれしそうに言っていたが、自分までが島を出ると言えば、おばあちゃんや母が悲しむだろうことをよくわかっていたに違いない。

恵太は、私と同様、歌ったり踊ったり演じたりするのが大好きで、ひょうきんもので、いつも家族や級友たちを笑わせていた。ひょっとすると私よりもずっとタレントに向いていたかもしれない。姉と同様、自分の能力を都会で試してみたい、と思ったことはなかっただろうか。

そんなこんながあり、もっといろいろなことがそのあと起こって、気がついたらもう十四年も帰らないままだ。

正確には、帰らない、じゃなくて、もう帰れない――と言ったほうがいいのだけど。

だから、古澤めぐみさんの依頼、そして動画の人物のことはとても気にはなったが、受けられない、といったんは結論したのだった。

かたくなに北海道行きを拒む私の意志が変わらないことを、社長はわかっていたのだろう。小さくため息をついて、「仕方ねえな」とつぶやいた。

「今日にでも『ただし、旅の行き先は北海道方面を除く』ってホームページに一文、入れとくか」

「そんな」と、私は顔を上げた。

「だめですよ。かえってヘンに思われるじゃないですか。自分の出身地なのに、行けないだなんて」

「今後も北海道がらみの依頼があったら断らなきゃならねえんだろ？　だったらその手間をはぶいたほうがいいじゃねえか」

そう言われて、私はまた口をつぐんだ。社長は私の表情の変化を探るようにみつめていたが、

「まあ、誰しも人に話したくない理由ってもんがあるんだ。仕方ない」

ひと言、言った。まるで自分に言い聞かせるみたいに。

そして、断りのメールをすぐにでも書く、というので、せめてそれを私にやらせてもらえるよう頼んだ。

「ちょびっ旅」をいつも見てくれて、同郷のタレントとして応援してくれていた、というめぐみさんの気持ちがありがたかった。心からのお礼を述べて、丁重にお断りしよう。

おんぼろのパソコンの前に座って、メーラーの「メール作成」画面を開く。向かいのデスクで、やはりおんぼろパソコンの前でマウスを忙しくクリックしながら、のんのさんが「やっぱりだめなの？」と、心底不服そうな声を出した。

「ごめんなさい。やっぱり、北海道はＮＧなんで」

素直に詫びた。のんのさんは、ふうん、とつまらなさそうな声を出した。

「行けない場所があるだなんてねえ。旅人ってのは、どんなとこへでも旅するもんじゃないの？　危険な場所じゃない限りは」

ご意見ごもっとも、なのだが、もう決めたのだ。

あれこれ文面を考えて、十分くらい経ってから、私はようやくカチャカチャとキーボードを叩き始めた。

こんにちは、丘えりかです。このたびは、「旅屋おかえり」に旅のご依頼、ありがとうございました。

同郷のよしみでお申し込みいただきましたこと、大変うれしく思いました。また、何か深いご事情があってのことと、拝察いたします。

メールにリンクしてあった「フール・オン・ザ・ヒル」の動画を見て、

そこまで書いて、ぴたりと指が止まってしまった。

丘の上に座りこむ、どことなくみすぼらしい中年の男性。通りすがりの若者たちに蹴られても、じっとうずくまってなされるがままだった。

さんざん転がされたあとに、よろよろと丘の上によじ登り、再び同じ位置に、同じポーズで座りこんだ。そして、ただひたすらに遠くを眺めていた。まるで、じっと何かを待ちわびているように。

ザ・ビートルズの「The Fool On The Hill（丘の上の馬鹿）」の、ゆったりと、素朴で、どこか悲しげなメロディが、耳の奥によみがえる。

私の指は、いつしか勝手にキーボードの上を動いて、メールの続きを書き上げていた。


お話だけでもうかがいたく、一度、事務所へお越しいただけますでしょうか。

午後六時きっかりに、事務所の呼び鈴が鳴った。

社長と私は、社長室で、揃って古澤めぐみさんの来訪を待ち受けていた。のんのさんが来客を社長室に導くまでのわずかなあいだに、社長が「ほんとにいいのか？」と囁いた。私は、こくんとうなずいた。

断るにしても、とにかく事情を聞いてからにしよう。結局、そう決めたのだ。

あの「丘の上の男性」のことが、どうしても気になった。余計なお世話だろうけど、めぐみさんの話を聞けば、あの人がなんらかの形で救われる糸口をみつけられるかもしれない。そんなふうに一方的に思ったりもした。

社長室のドアが開いて、めぐみさんが現れた。社長と私は、同時に立ち上がった。

小柄で、おとなしい印象の女性。けれど、品のいいファッションとアクセサリーが彼女を美しく際立たせている。ひょこんと頭を下げためぐみさんは、「はじめまして」と、消え入るような声であいさつをした。そして、顔を上げると、ようやく私のほうをまっすぐに見た。その表情を、かすかな光が照らしていた。

「ああ、ほんとに……ほんとに、おかえりさんだわ。いやだ、どうしよう、私ったら……」

そうつぶやいて、右手を口に当てた。少しくぼんだ目に涙が光っている。感激してくれているのを感じて、私もうっかりもらい泣きしてしまいそうになったが、そこはぐっとこらえた。まだなんにも聞いていないんだ、もらい泣きしてる場合じゃないってば。

「すみません、本物のおかえりさんにお目にかかれて、うれしくって。……実は、ここへ来るまで、キツネにつままれたような気がしてたんです。メールにお返事をいただいただけでも驚いたのに、まさか、あのおかえりさんに、私の代わりにふるさとへ……札幌へ旅していただけるなんて」

そこまで言って、また涙がこみ上げている。社長と私は、「いえいえ、いやいや、あの、そのですね」と、首と手を両方振って、先走る依頼人をなだめた。

「ご依頼については、ええと、まず、旅の代理を申し込まれたご事情を、その、うかがって、ですね。それによって、あの、務めさせていただくかどうか、その、判断させていただくことに、まあ、なっておりまして……」

やたら間投詞を挟みながら、社長が言った。めぐみさんが、えっ、と社長のほうへ顔を向けた。

「行っていただけないんですか？　じゃあ、やっぱり……これは夢なんでしょうか。そうですね、きっと私、まぼろしを見てるんだわ」

また涙ぐんでいる。

「いえいえ、そうじゃなくて。とにかく、まずはお話を聞かせていただけますか」

間髪いれずに社長が言った。今回の依頼人は、どうやら、夢見る少女の気分を持ち続けている大人の女性のようだ。

のんのさんが、ティーカップの紅茶をしずしずと運んできた。テーブルの上にカップを置きながら、ちらちらとめぐみさんに視線を送っている。報酬をちゃんと支払ってくれる人物かどうか、見定めているようだ。悪くなさそうね、という感じの視線をちらりと社長に投げてから、ごゆっくり、と言いおいて、部屋を出ていった。

めぐみさんはアクセサリーのデザイナーで、ネット販売の会社を経営している、とのことだった。

なるほど、一見して裕福そうな女性社長の雰囲気を漂わせている。おそらく彼女自身の会社のものなのだろう、ネックレスやピアスや指輪を抜かりなく身につけている。大きな紫のアメジストの指輪などは、いったいいくらなんだろう、と想像を掻き立てる豪華さだ。ネックレスはパールやカラーストーンをベージュのリボンでつないだアッサンブラージュ。あでやかなアクセサリーが、白いスーツによく映えている。

私は思わず自分の服装を省みた。某ファストファッションブランドの黒のチュニックに、デニム風のレギンス。アクセサリーはゼロ。めぐみさんに比べると、あまりにも殺風景な姿だ。ちょっと情けなくなってきた。

そんな私に向かって、めぐみさんは、きらきらした目を再び向けながら、

「『ちょびっ旅』、かかさず拝見していました。デビューした頃から、おかえりさんのこと、私、ずっと応援してたんです。アクセサリーデザインを始めた頃も、頭の中で、勝手におかえりさんをイメージキャラクターにしたりして」

そんなふうに言われたので、私は思わず「ほんとに？」と反応してしまった。

「うれしいです。そんなすてきなアクセサリーのイメージを、私に重ねてくださってたなんて。……いまつけてらっしゃるネックレス、ご自身のデザインですよね？」

めぐみさんは、いっそう目を輝かせた。

「はい。リボンを使ったアクセサリーが、弊社で一番の売れ筋なんです。うちのブランドロゴにも使ってるんですよ」

めぐみさんは、遅ればせながら、と名刺入れをバッグから取り出し、名刺を一枚、社長に渡した。株式会社リュバン・ルージュ、代表取締役社長、古澤めぐみ。文字とともに赤いリボンのかわいいロゴマークが印刷されている。

「『赤いリボン』ですか。これはまた、しゃれた名刺ですな」

上質の白い紙を使った名刺を手に取って、社長が感心している。例の「元プロボク

サー、いま社長」と書いてあるイカツい名刺を出さないように、と私は祈った。

「そうだわ。このネックレス、よかったら」

めぐみさんは、自分の首から下げていたネックレスを外すと、私に向かって差し出した。私は、え？　と驚いた。

「私に、ですか？」

めぐみさんは、ええ、とうれしそうに応えた。

「きっとお似合いだから」

社長が、いただいとけ、と目配せをした。私は躊躇した。だって、こんなすてきなギフトをいただいちゃったら……断れなくなっちゃうじゃないか。

しかし、そこはうれしい気持ちが勝ってしまった。私は、受け取ったネックレスを首にかけてみた。サテンのリボンとカラーストーンとパールが、黒いチュニックの胸の上できらきらと揺れる。

「わあ。やっぱり、よく似合う」

めぐみさんは花がほころびるように微笑んだ。その笑顔が、さらに私の胸をきゅんとさせた。

「ほんとうに、夢みたい。憧れのおかえりさんに、私がデザインしたアクセサリーをつけていただけるなんて」

　この仕事をしてきて、よかった。

　しみじみとした声で、めぐみさんが言った。

「こんなふうに私ががんばっていること、それに、とうとうおかえりさんにお目にかかれたこと。……知らせたいな。あの人にも」

　独り言のようにそうつぶやいた。

「あの人、といいますと？」

　社長が訊くと、めぐみさんは、少しはにかんだような笑顔になって、言い添えた。

「あの……『丘の上の人物』のことです」

　胸元のサテンのリボンにそっと指先で触れてから、私は、この少女っぽさを失わずにいる女性、うっすらとさびしさの影を漂わせた人に語りかけた。

「お聞かせいただけますか？　私に旅を依頼された理由を」

　めぐみさんは、静かにうなずいた。

　それから、ぽつりぽつりと、ささやかな雨だれのように、自分と、そして恋人だったという人との、運命の出会いについて話し始めた。

3

私のふるさとは、日本の最北端の島、北海道の礼文島。

高校を卒業するまで、ほとんど島の外へ出たことがなかった。フェリーで約二時間の一番近い「都会」である稚内（わっかない）には、何度か行ったことがある。外国ほど遠い存在だった東京へは、修学旅行で一度だけ出かけた。そのときに、鉄壁社長と「運命の出会い」を果たしたわけだが。

北海道の道庁所在地にして最大の都市、札幌には、実は一度も行ったことがなかった。

今回の旅の依頼人、古澤めぐみさんは、その札幌出身である。

めぐみさんは、現在四十歳。十年まえからアクセサリーの制作・販売をする会社「リュバン・ルージュ」を経営している。社員は二十名、本社は代官山にある。彼女の自宅はベイエリアのマンション。そこまで聞いて、それなりに成功している人物であることがわかった。

彼女の実家は、丘珠という町にある。新千歳空港とは別の、もうひとつの空港、札幌丘珠空港がある町。そして、数十年まえに計画され、二〇〇五年に一般公開された広大な公園・モエレ沼公園がすぐそばにある。

めぐみさんが物心ついたときには、すでに父は他界していた。大学の教員だった母は、ひとりでめぐみさんと、めぐみさんの年の離れた姉、のぞみさんを育てた。しかしめぐみさんが中学生になる頃、その母も病気で他界してしまった。それからは、すでに社会人となり地元の銀行に勤務していた姉ののぞみさんが、めぐみさんの親代わりとなって、何くれとなく面倒をみてくれた。

苦労してふたりの娘を育てた母が、臨終のとき、めぐみを頼むね、と姉に伝えたこともあってか、のぞみさんはめぐみさんにとにかく厳しかった。友だちの家に行ってもいけない、連れてきてもいけない、門限は夕方四時、マンガは一切だめ、テレビはNHKだけ、というような、制約の多い十代を過ごした。

「あんまり姉が厳しくて、いけないことだったんですけれど、この世からいなくなっちゃえばいい、と本気で願ったほどだったんです。グレるほどの勇気も持てなかったし、家出したくても、やっぱり恐くて途中で帰ってきちゃうんです。しかも門限まえに」

告白しながら照れ笑いするめぐみさんが、どこかしら少女らしさを漂わせているのは、両親を早くに失い、姉によって純粋培養された少女時代を過ごしたからだろうか。

ところが、そんなめぐみさんに、一大事件が起こった。

高校三年生になる十七歳の春休み、友だちのショッピングに付き合って、札幌中心街にある百貨店「丸井今井」に出かけた。その頃のめぐみさんは、おしゃれとは無縁で、友だちと出かけるにも、姉が買ってきてお仕着せしていたセーターとプリーツスカートくらいしか着ていく服がない。髪もポニーテールにして、黒いピンで留めただけ。これ以上ない、ってくらいに地味な女子高生。デパートに行く、というだけで、なんだか後ろめたい気分になるほどだった。「めぐみ、地味すぎ」と友だちに言われても、どうすることもできない。

だから、友だちとデパートのバーゲンに行くのですら、どんな格好をしていったらいいのかもわからなかった。いろいろ考えて、迷いに迷って、結局思いついたのが「リボン」だった。

「頂き物のお菓子のパッケージに、赤いリボンがついていたんです。それが食卓の上に丸めて置いてあって、ふと思いついたの。これをつけたらどうかな、って」

めぐみさんは、そのリボンをつけてみた。髪にではなく、手首にでもなく、いつも学校に履いていっていた白いスニーカーの、紐を固く結んだ部分に。それも、わざと左側だけ。それだけで、履き古したスニーカーがなんだか輝いて見えた。心なしか、軽やかに歩ける気すらした。

「あ。なんだかそれ、わかります。私も高校生のとき、かわいい布の切れ端を安全ピンで胸につけたりして、せいいっぱい気取ってみたことがあるから」

私は、すっかり忘れていた自分の少女時代のおしゃれの作法を思い出した。しゃれたお店やデパートすらない島の暮らしでは、そんなふうに創意工夫するのが女子のあいだではあたりまえのことだった。

そうして、めぐみさんは友だちとデパートへ出かけた。友だちのショッピング意欲は旺盛で、どんどん買い物をする。めぐみさんは、もとより何も買う予定もなく、そんなお小遣いもない。何より、自分のためにおしゃれすることも我慢している姉を差し置いて、ショッピングするなどもってのほかだった。バーゲン会場の熱気にあてられてしまっためぐみさんは、ちょっと休んでるね、と友だちに断って、大通公園へ行き、ひとりぼっちでベンチに座りこんだ。

三月の札幌はまだまだ寒い。マフラーに顔をうずめて、冷たい風にかちかちと歯を鳴らしながら、自然と足踏みをしていた。そのたびに、左足のスニーカーにつけた赤いリボンが揺れる。それをみつめるうちに、馬鹿みたいだ、と涙がこみ上げてきた。こんな、誰が見るわけでもないところにリボンなんかつけて。いつもの自分と、ちょっと違う気がしたりして。ばっかみたい。

自分の気持ちを踏みにじるように、とんとん、とんとんと足踏みをした。涙があふれて、リボンの赤がにじんだ。と、そのとき。

視界の中に、黒いスニーカーの足がふいに現れた。赤いリボンのついたスニーカーに向かい合うように、誰かが立っている。めぐみさんは、ゆっくりと顔を上げた。

見知らぬ男の人が、目の前に立っていた。

大学生だろうか、長髪で、銀縁の眼鏡をかけ、無精ひげを生やしている。自分のスニーカーと、めぐみさんのスニーカーを見比べるようにして、じっと眺めている。普段のめぐみさんなら、見知らぬ男とそんなふうに向かい合うだけで、恐くなって逃げ出したことだろう。けれど、どうしたことか、魔法にかかったように動けなくなった。赤いリボンに、足を大地にしっかりと結びつけられてしまったかのように。

男の人は、黙ったままで、めぐみさんの左足をみつめていた。そして、おもむろに尋ねたのだった。

——ねえ。そのリボンって、どっちが『左』か、君に教えてくれるためのもの？

めぐみさんには、その言葉の意味がさっぱりわからなかった。ひょっとして、いま聞いたのは外国語だった？　と思えたくらいだ。男の人は、続けて話しかけた。

——要するに、君にとっては『左』のほうが『右』よりも重要だってことなんだね。少なくとも、履き古したスニーカーという現実世界の事物においては。ゆえに『左』にリボンをつけた。ここに『左』があることを実証するために。それが君の主張なんだ。そういうことだろ？

めぐみさんにとっての「人生を変えた運命の瞬間」は、そうして訪れた。

彼の名は、浜田純也。北海道大学文学部で哲学を専攻する、ちょっと斜に構えて社会を見渡す、自称「哲学的アーティスト」。尊敬する人物は、哲学者ミシェル・フーコー、アーティストのイサム・ノグチ、そしてポール・マッカートニー。美術か音楽の道へ進みたかったが、藝大に入るほどの才能はなかったという。哲学を論じるならば、いまのところ誰にも負けないと思っていたそうだ。夢は、絵や楽器を子供たちに教える「アート教室」を運営して、ときどきバンドで全国ツアーをすること。フーコー著『言葉と物』と同じくらい、ザ・ビートルズの曲を愛し、大学の仲間と結成したバンドでポール・マッカートニーを気取って絶唱していた。ちょっと変わってて、ときどき難しくて、でも楽しくて、かっこよくて、アーティストっぽい人。

　恋をしてしまった。お互い、たった一目で。

　もちろん、めぐみさんにとっては初恋だった。好きになってしまって、どうしたらいいかわからない。世界が爆発したみたいだった。なんにも手につかず、目に入らず、ただただ彼のことだけを思い、彼と一緒に過ごせることだけを願うようになった。

　めぐみさんは、純也さんに、この付き合いを姉に悟られたくない事情を打ち明けた。両親の他界後、姉がどんなに一生懸命働いて、めぐみさんを学校へ行かせてくれているか。かけがえのない、ただひとりの肉親。けれど、いっそ純也さんと一緒に飛び立ってしまいたい、と思う自分の胸の内。

　――お姉ちゃんさえ、いなければ。

　そんなふうに、めぐみさんは苦しい思いを吐露した。

　彼氏も作らず、おしゃれもせずに、一心不乱に働いている。そう、私のために。

　――私がこんなふうになったのは、全部あんたのためなんだからね。お姉ちゃんは、いつもそんなふうに言う。お母さんが死に際に、めぐみを頼むね、って言ったから。めぐみにはのぞみしかいないんだから、って言ったから。だから私は結婚もしないし、贅沢もしない。あんたが大学を出て就職するまでは、絶対に。

すごく、重たいの。お姉ちゃんが、そんなふうに言うのが。お姉ちゃんさえ、いなければ。私、こんなふうに、こそこそあなたと会わずにすむのに。あなたと一緒に、どこへでもいけるのに。

そう告白して、涙を浮かべた。

純也さんは、めぐみさんの手を握って、それはちょっと違うな、と言った。

――君のお姉ちゃんがいてくれたから、君は成長できた。そしておれは君と会えた。おれたちは、君のお姉ちゃんに感謝しなくちゃいけないだろ？

いまはまだ、無理かもしれない。でもいつか、おれ、お姉ちゃんに会いにいくよ。それで、どんなにおれが君のことを大切に思ってるか、わかってもらうんだ。

そうして、純也さんはめぐみさんの手を取り、こっそりと、あちらこちらへ連れ出してくれた。

ふるさとの町が輝いて見えるようになったのは、それからだ。緑萌（も）える大通、春の日差しに輝く時計台、商店街、びっくりするほどおいしいジンギスカンの店、ビートルズの曲が終日かかっている喫茶店。

羊ケ丘（ひつじがおか）展望台には、特によく出かけた。純也さんは、高台に上がって風景を一望するのが好きだったのだ。クラーク博士の像の前で、めぐみよ、大志を抱け！　とふざけて叫ぶ。「なんつーか、天下取ったって感じ?」と笑っていた。

めぐみがいてくれて、なんかおれ、人生に必要な何もかもを手に入れたって気分。

そんなふうにも言って。

受験生のめぐみさんは、のぞみさんに、放課後は補習を受けていると偽り、土日も図書館で勉強すると言っては出かけた。何もかも、彼のため。一瞬でも長く、彼の傍らで過ごすため。ふたりを結びつけたスニーカーのリボンは、ふたりの小指を結びつける赤い糸だったのだ。

めぐみさんは、きっと、羽化した蝶(ちょう)のようにきれいになったことだろう。姉から与えられるだけだった服を、なんとかおしゃれにしようと工夫した。リボンや、ビーズや、かわいい色の毛糸のふさふさ。アクセサリーらしきものを自分で作って身につけるようになったのは、この頃からだった。

ふたりの秘密の付き合いが始まって一年が経とうとする頃、めぐみさんは、見事北海道大学に合格した。純也さんがいる大学に行きたい、という一心だった。彼は大学院に進むとめぐみさんに話していたのだ。これからは、もっと自由にふたりで会える。まだキスしかしていなかったけど、もっと深い関係になりたい。自然とそう願っていた。

ふたりがいつもデートしていた、羊ヶ丘展望台。雪に包まれた真っ白な丘の上で、めぐみさんは喜びいっぱいに合格を純也さんに告げた。ところが、純也さんは沈痛な面持ちだった。そして、告げたのだ。

——おれは君がほしい。君をさらって逃げたい。

おれ、大学院に進学できなかった。これ以上、おふくろに面倒かけられなくて。おふくろは、郷里の小樽（おたる）で小さな居酒屋を経営している。母ひとり子ひとり、苦労しておれを育て、大学に行かせてくれたんだ。学のないあたしみたいな人生を送っちゃいけない、立派な大人になれ。子供のおれに、いつも言い聞かせて。

ごめんよ、めぐみ。大学院に進学だなんて嘘（うそ）っぱちだった。そうすれば、君ががんばって北大を受験してくれるかな、と思ったんだ。ほんとは、決めていた。大学を卒業したら、君と別れて、小樽に帰ろうと。

子供たちにアートを教えることも、バンドで全国ツアーすることも、結局は見果てぬ夢だった。だけど、ひとつだけ、どうしてもあきらめたくない夢がある。そう気がついた。

それは、めぐみ。君なんだ。

君をさらって逃げる。どこか遠い街で、ふたりで暮らす。そのためには、ふるさとも、母親も捨てたっていい。

君を、おれの嫁さんにする。そして、ふたりの子供を育てるんだ。明るい、優しい家庭を作るんだ。

そんな夢、見てるんだよ。

だけど、それもかなわない。君をさらって逃げたりしたら、どんなに君のお姉ちゃんが悲しむことか。

おれたちがふたりで生きていくために、おれのおふくろと、君のお姉ちゃん、それぞれをひとりぼっちにしてしまうことは……できないよ。

札幌市内を見渡す丘の上、凍えるくらい冷たい風がふたりのあいだを吹き抜けた。

めぐみさんは、いつしか泣いていた。泣きながら、彼の胸に飛びこんでいた。

大学進学直前の春休み。めぐみさんは、決心した。すべてを捨てて、この人と一緒に生きるんだ、と。

若かったふたりは、すべてを捨てるか、別れるかの選択肢しか持っていなかった。

三日後、粉雪の舞う中、ふたりはもう一度羊ヶ丘へ出かけた。そして、めぐみさんは告げたのだった。

——ふたりで生きていくために、捨てよう。あなたは、お母さんを。私は、お姉ちゃんを。純也さんは驚いて、言葉を失った。けれど、めぐみさんの瞳の切実さに、ついにうなずいたのだった。

ふたりは約束をした。一週間後の午後一時、この丘の上で会う。それから一緒に札幌駅へ行き、電車に乗って、飛行機に乗って、行けるところまで行くんだ。できるだけ遠くに、そう、たとえば東京に。

しかし、めぐみさんの計画は、あっさりとのぞみさんに見破られた。約束の前日、ボストンバッグに洋服を詰めているところをみつかってしまったのだ。のぞみさんは、実は純也さんの存在にも気づいていた。机の引き出しに隠していた手紙や彼の写真をみつけていたらしい。いま責めたら受験勉強に響くだろうと、静観してくれていたのだ。けれど、まさか妹が駆け落ちを目論んでいようとは思いもしなかった。

めぐみさんは、思い切って自分の決心を姉に打ち明けた。妹に駆け落ちの真似事をさせるくらいなら、いっそ正式に結婚するよう認めてくれるかもしれない。そう賭けたのだ。

すべてを打ち明けられて、のぞみさんは無言でめぐみさんの頰を打った。そして泣いた。

――あんたのために、すべてを我慢してきたのに。おしゃれも、恋も、結婚も。

のぞみさんは、同僚の男性から付き合ってほしいと言われたのを断り、上司や親戚が持ってくる見合い話もすべて辞退していた。自分の人生は、妹のためにあるのだから、と。

さんざん姉に泣かれて、めぐみさんも泣くだけ泣いて、考えた。結局、彼が小樽に帰ってくれるのが一番いいんだと。彼はお母さんを捨て、自分は姉を捨てる。勢いでそんなことを言ってしまったけど、やっぱりできないと悟ったのだ。

それっきり、めぐみさんが純也さんに会うことはなかった。

めぐみさんは北海道大学に進学した。新しい生活が始まって、次第に駆け落ちの一件は遠いできごとになった。純也さんとよく行った喫茶店や商店街には、あえて行かなかった。きっと小樽に帰ったはずだ、と思いたかったが、もしも会ってしまったらどうなるかわからない、とも思った。羊ヶ丘には、もちろん一度も出かけなかった。最後に会ったあの丘の上に、純也さんがいるような気がして、つらかった。

姉に対しては、ずっとわだかまりが残った。めぐみさんが純也さんとひそかに会っていないか、のぞみさんはいつも目を光らせ、神経質になっていた。めぐみさんの卒業後、のぞみさんは自分の勤務先の銀行に入行できるように画策をしてくれ、内定を得ていたが、卒業間際のある日、めぐみさんはついに爆発した。姉と口論になり、言われたのだ。

――あんたはまだ、あの〝丘の上の馬鹿〟のことを忘れられないの？

そのとき、初めて知らされたのだ。純也さんがめぐみさんを待ち続けていたことを。めぐみさんが大学に入学後、まさかもういないだろう、とのぞみさんは羊ヶ丘へ何度か出向いてみた。すると、丘の上の同じ場所に必ず座っている男がいた。はるか遠くの札幌の街を眺めて、いつまでもいつまでも、じっとうずくまっている男。長髪を風になびかせ、無精ひげの顔を天空に向けて、いつまでも、いつまでも。

その事実が、めぐみさんの胸を打った。それを教えずにいた姉への怒りは、抑えきれなかった。

大学卒業後、銀行への就職内定を蹴って、めぐみさんはひとり、東京へと旅立った。あんたは私に恥をかかせた、もう妹でもなんでもない。二度と帰ってこないで、と姉は怒りちらした。めぐみさんは、ボストンバッグに赤いリボンを結んで、早春の朝の薄明かりの中、家を後にした。

家のすぐ近く、広大な埋め立て地に、いつか公園ができると聞いていた。けれど、めぐみさんが故郷を捨てたその日には、はてしなく空っぽの土地が広がるばかりだった。どこにも「丘」の影はなく、冷たい風が吹き抜けるばかりだった。

「あれからずっと、故郷には帰っていないんです。姉に対して、いつまでもわだかまりが残ってしまって……」

ハンカチで目頭を押さえながら、めぐみさんが言った。社長は両腕を組んで、ふむ、と鼻で息をついた。

「じゃあ、もう十八年間も、お姉さんには会っていらっしゃらないんですね？」

めぐみさんは、力なくうなずいた。

「ときおり、手紙を出すんですが……当たり障りのない近況だけを伝えて。姉はもう五十歳を過ぎて、元気でいるとは思うのですが、何しろ返事もくれないし……。やはり、『帰っておいで』とは、言ってもらえそうにありません」

めぐみさんはさびしそうな微笑を浮かべた。私は黙ってその様子をみつめていたが、思い切って訊いてみた。

「純也さんとは……ほんとうに、それっきりなんですか？」

膝の上でハンカチをぎゅっと握りしめて、「はい」と消え入りそうな声でめぐみさんは答えた。

「別の男性とお付き合いしたり、結婚しようと思ったことは？」

さらに思い切って突っこんでみた。すかさず社長が私の腕をつついた。突っこみすぎだぞ、と言いたいのだろう。けれど、それを聞かなければこの話はさきに進まない。

めぐみさんは、しばらく言い淀んでいたが、

「かわいそうになったんです」

ぽつりと言った。

「丘の上で約束をした日から、もう二十二年も経ってしまって。いつまでも心の中で縛りつけて。なんだか、かわいそうになっちゃって。あの人も……私も」

東京に出てから、何人かの男性と付き合いもした。結婚しようか、と思ったこともあった。けれど、いつも心の中に、丘の上でぽつんと自分を待ち続けている純也さんの面影がつきまとって、すなおになれなかった。恋愛をしても、仕事をしても、心に隙間風が吹きこむのをふせぐことができなかった。

いつまでもこだわり続けて、このままおばあちゃんになっちゃうのは、なんだかくやしい。

いまはきっと、彼は、郷里でお母さんを支えて元気に暮らしているはずだ。めぐみさんはそう想像していた。

ひょっとすると、かわいい奥さんをもらって、子供を授かっているかもしれない。アート教室を開いて、ビートルズの曲をかけて。休日には、ミシェル・フーコーの本をひもといて。夏休みには、バンドの仲間とツアーをやって。彼が語ってくれたささやかな夢のすべてを、実現しているかもしれない。

そう、きっと幸せに暮らしている。だから私も、もう何にも縛られずに、ほんとうの幸せをみつければいい。

最近引っ越したばかりの高層マンション。最上階の部屋の大きな窓から、晴れた日の東京湾を眺めていた。オーディオで、ザ・ビートルズのCDをかけて。

純也さんが「おれの歌だ」と、いつも下宿のアパートでかけてくれた「The Fool On The Hill」。これは偉大な哲学者の歌なんだ、ひょっとするとガリレオ・ガリレイのことを歌ってるのかもしれないぞ。そんなふうにも言っていた。

誰にも理解してもらえない、ひとりぼっちで丘の上に座り続ける男。彼は決して「馬鹿」なんかじゃない。世界の真理をみつけてしまった、孤高の賢人なんだ。

なんともいえないなつかしさとさびしさが、めぐみさんの胸を満たした。会社も軌道に乗り、何不自由ない生活を送っている自分。それなのに、どうしたら幸せになれるのかな？　と思い続けている。

彼のことを――忘れることから始めてみよう。

そう決心した日に、偶然、みつけてしまったのだ。――「フール・オン・ザ・ヒル」というタイトルの動画を。

BGMに流れる「フール・オン・ザ・ヒル」。おそらくはモエレ沼公園らしき場所の、丘の上に男性が座っている動画。どこの誰が映したのかはわからない。その男性が通りすがりの若者たちに暴行され、再び丘の上に座り直すまでを、無情なカメラがずっと追いかけていた。

社長は、ううむ、と唸った。

「私も見ましたが……ありゃあ、ちょっと普通の感覚じゃないよな」

無意識にそう言ってから、

「いや、あの、座っている人のほうじゃなくて、暴行をした連中と、映像に撮ったどっかの誰かが、ですよ」

あわてて言い添えた。私は、率直に尋ねてみた。

「丘の上のあの人物が純也さんかもしれない、と思われたのはなぜでしょうか？」

めぐみさんは、首を横に振った。

「自分でもわかりません。ただ、あの動画を見てから、無性に苦しくて……」

彼の好きだった曲がＢＧＭに使われていたことと、実家のすぐ近く、いまはもう完成したモエレ沼公園の丘が映し出されていた。その偶然の一致が、暴行されても丘の上に座り続ける男性はひょっとして純也さんじゃないだろうか、とめぐみさんの胸を騒がせた。

「でも、仮に純也さんがめぐみさんを待ち続けていたとしても、それはモエレ沼公園ではなくて、むしろ思い出の場所で……じゃないでしょうか？　実際、お姉さんは、羊ヶ丘に座り込んでいる彼を見たわけですよね。だから羊ヶ丘展望台か、それともビートルズがかかっていた喫茶店とか、北大のキャンパスとか……」

めぐみさんは、また首を横に振った。

「イサム・ノグチがデザインした公園が……『大地の彫刻』ができるのを、すごく楽しみにしていましたから」

イサム・ノグチがモエレ沼公園の計画に参加したのは一九八八年。ちょうど、めぐみさんと純也さんが付き合っていた年のことだ。純也さんは、興奮してめぐみさんに聞かせてくれた。あのイサム・ノグチが札幌市民のために「大地の彫刻」をデザインしてくれるんだ！　しかも君の家のすぐ近くに！　と。

モエレ沼公園が完成して一般公開されたのは、二〇〇五年。くだんの丘は、「モエレ山」と名称が付けられているが、標高約六十二メートルだから、むしろ「丘」と言ったほうがいい。

ふるさとを出奔して、十八年。もちろん、めぐみさんはモエレ沼公園を実際に見てはいない。

あやうく喉もとまで言葉が出かかった。

私に旅の代理を依頼したりなんかしないで、ご自身の目で確かめにいくべきなんじゃないですか。

絶対にそうするべきだ、と思った。けれど、そうできないからこそ、依頼しにきているのだ。

「ご事情は、よくわかりました」

束の間の沈黙を破って、社長がおもむろに言った。さあまとめにかかるぞ、というきっかけのひと言だ。

「まず、ご了承いただきたいのですが――当社の方針で、最終的にご依頼を受けるか否かは、『旅人』丘えりか自身が判断することになっております」

うわっ、キタッ。私は思わず両肩に力を入れた。

社長が「お受けします」と言えば、しょうがない、と受けるつもりでいた。一方で、

「お断りします」と言ってくれることを期待してもいた。そのどちらでもなくて、私の一存に任されてしまうとは。

　めぐみさんは、いっそうきらきらと輝きを増した目で私を見た。私は、あわてて目を逸らした。この少女っぽい目でみつめられると、どうも逃げられる気がしない。

「いちおう、丘に代わってうかがっておきます。行き先は、札幌でよろしいのでしょうか」

　私がたじろいでいるのを見て、社長が訊いてくれた。行き先と旅の内容によって、私に判断させようというわけだ。

　はい、とめぐみさんの熱っぽい声が返ってきた。

「札幌の街なか、彼とあちこち出かけた場所が、いま、どんなふうになっているのか知りたいんです。この季節は、付き合い始めて二ヵ月で、いちばん楽しかった時期だったので……」

　夢見るような瞳で、めぐみさんは語った。

　街じゅう、空の青が冴えわたり、青葉が輝き、いい匂いの風が吹く季節。重いコートを脱ぎ捨てた人々の白いシャツがまぶしい。

　手をつないで、何度も行き来した大通。時計台。ジンギスカンの店。フルーツを買い食いした商店街。ビートルズの曲が流れる喫茶店。

約束の丘、羊ヶ丘展望台。

そして……。

めぐみさんの瞳から、淡い光がふっと消えた。まっすぐに私をみつめ直すと、めぐみさんは、きっぱりと言った。

「モエレ沼公園へ行っていただけますか。そして、確かめていただきたいのです。……あの『丘』の上に、座っている誰かがいるのか。もしもいたとして、それが誰なのか」

めぐみさんの真剣な目を、私もまっすぐにみつめ返した。そして、訊いた。

「それがもしも、純也さんだったら？」

めぐみさんの瞳が、一瞬、震えた。私の質問に、めぐみさんは答えなかった。いや、答えられなかった。

私も、言えなかった。北海道へは行けない、ということを。

結局、依頼を受けるかどうか決定するのに、一日だけ時間をもらった。

帰り際、めぐみさんはもう何も言わなかった。ほんの一瞬、祈るように私をみつめると、静かに去っていった。やはり、どこかさびしい影を背中に負って。

もしも私が、誰かに旅の依頼をできる立場なら。

なつかしいふるさとへ旅をしてきてほしい、と頼むに違いない。

何も知らず、何もわからない青い春の日々。友だちと、弟と、無邪気に遊んで、はしゃいで、いっぱいに疲れて、家に帰りついた。待っていたのは、母が作る味噌汁の匂い。父の穏やかな背中。そして、おばあちゃんの「おかえり」のひと言。

遠く過ぎ去ってしまった日々の、なんというあたたかさ、やさしさ。

あの頃、ちっとも気がつかなかった。何気ない日々の大切さを、そんな時間がもう二度と戻らないことを。

私のふるさと。さいはての島、北の大地。

誰かに旅してもらえないだろうか。

私の代わりに、私のふるさとへ。なつかしい人々に会うために――おかえり、のひと言を聞いてもらいに。

4

トトン、タタンと心地のいい電車のリズムに体をゆだね、頭の中をできるだけ空っぽにするように努力した。努力している時点で、頭の中は空っぽじゃない、っていうことなんだけど。

これがもしも「ちょびっ旅」収録のための移動中だったとしたら、たまらなく眠たくなって、窓辺に頬杖をつくうちに、こくん、かくんと頭を揺らしてうたたねをする時間だ。そして、旅のファミリーもそれぞれにくつろぐ時間。

ディレクターの市川（いちかわ）さんは、ビールを飲んでいい気分。ＡＤ（アシスタントディレクター）の奥村（おくむら）君はそれに付き合わされている。カメラマンの安藤（あんどう）さんは、車窓の風景を飽かず眺めている。スタイリストのミミちゃん、ヘアメイクのみっちゃんは、私の隣で終わらないおしゃべりを楽しんで。

地方から地方へと渡り歩く、旅芸人の家族。旅先で演じる瞬間をまえに、ほんのひとときうたたねする踊り子――それが私。

ところが、どうだろう。いまの私は、ひとりぼっちで、ざわざわと、胸の中に乱れた風が吹き荒れるまま、一睡もできずにいる。

真夜中に何度も目が覚めた。そうこうしているうちに、朝になってしまった。旅の前日は、いつものことながら、少々興奮気味で寝つきが悪い。けれどいつだって、結局は爆睡して、そのうえ移動中も気持ちよくうとうとするはずなのに。

車窓にこつんと頭をもたれさせて、流れゆく風景を眺めるともなく眺めている私。隅々までよく晴れた空。前回の「代理旅」のとき、せつないほどに青空を待ちわびていたことが急に思い出される。そうだ、あのときは確か、角館に向かう電車の中で、やたらにぎやかなおばさんふたりに挟まれて、聞きたくもないお舅さんの愚痴なんかを聞かされて。挙げ句の果てに、お天気キャスターに間違われちゃって。天気予報外れてるわよ、どうすんの？　なんて、なぜか文句を言われたりして。

おばさんたちの元気なおしゃべりと楽しげな様子が脳裏に浮かんで、思わずくすっと笑う。旅が始まるわくわく感が、そのままおばさんの姿になったような。

そうだ。たとえひとりでも、誰かと一緒ならなおさら、旅はあんなふうに、いつだってわくわくと始まるものなのだ。そりゃあ、何かを忘れたくて旅に出ることもあるだろう。悲しみのうちに旅する人もいるだろう。けれど、旅が与えてくれるあのわくわく感こそが、傷ついた心をいつしか癒してくれる。そう信じて、人は旅に出るんじゃないか。

だとしたら——いまの私は？

いつしか窓いっぱいに海景が広がり始めた。いつもなら、こんなふうに車窓に海が現れれば、わあ、と身を乗り出したくなるところだ。けれど、今日の私は、頬杖をついたまま、ゆらゆらと、電車のリズムに体をゆだねたまま。

窓の向こうに広がる海は、日本海、石狩湾。あと十数分で到着する駅は、北海道、小樽だ。

結局、私は、古澤めぐみさんの旅の依頼を受けることになった。

依頼人に泣きつかれたわけじゃない。鉄壁社長に説得されたわけでもないし、のんのさんに強要されたわけでもない。私が自ら、引き受けたのだ。

ほんとうのところ、九割がた断ろうと思っていた。北海道に足を踏み入れない、というのは自分の中での確固たる決まりごとにしていたたし、旅番組のレギュラーを務めていたときですら貫いたのだ。それをいまさら変えるなんて、なんだか虫のいい話のような気がした。何より、近くまで行っておきながら故郷の礼文島へ立ち寄らない、ということに罪悪感を覚えてしまう。札幌から礼文島へ行くには、札幌から東京へ行くのと同じくらいかそれ以上に時間がかかりはするのだが、心理的な距離、という意味で。

本件を断るか否か。社長は、黙して私に一任した。丸一日、私はめぐみさんへの返答を保留したまま考えに考えたが、やっぱり断ろう、とほぼ決めた。

ところが、その矢先に、たまたま観(み)てしまったのだ——もと恋人・いま他人、超売れっ子イケメン俳優、慶田盛元が出演しているテレビドラマを。そのドラマの舞台が北海道、札幌・小樽だったのだ。

実は、私はいまだに元ちゃんが出ている番組を無視することができない。強がりじゃなく、気持ちはとっくにふっきれている。けれど、もとカレが活躍しているのを見れば、こっちもがんばらなくちゃ、という気分になるのだ。別れた直後は、地獄に堕(お)ちろ、くらいに思わないでもなかったが、こうまで活躍されると逆に応援したい気持ちになってしまった。「そのへんがあんたの甘いところなのよねえ」と、恋愛の修羅場を数え切れないほど経験した(自称)魔性の女・のんのさんには茶化されてしまう。

別れたオトコの出てる番組になんざ恋々としてないで、ンなもん無視して、もっとカネづるになりそうなおやじをみつけてたぶらかしゃいいのよ、などと。のんのさんこそ、若い時分には年下の売れない俳優に入れ上げて、せっせと貢いで破滅したくせに……と言いたくても言えないのだが。

　とにかく、元ちゃんが辣腕刑事の主役で登場するスペシャルドラマ『特任刑事七転(しちてん)八起(はっき)！　札幌・小樽　イケメン刑事が殺人被疑者を追う　ガラスとワインとグルメに秘められた北国美女との悲恋……丘の上の自白SP』という、過剰に情報を詰めこんだタイトルに魅(ひ)かれて、二時間半のドラマを観たのだ。

　元ちゃんが登場する、というのももちろん気になったのだが、それよりも、タイトルの中の三語、「札幌」「小樽」「丘の上」に、ぴくりときた。これはひょっとして、あの「丘」のあるモエレ沼公園が舞台になったりしてないよな、と、いつも以上に胸を躍らせてテレビに向かい合った。

　ドラマは「旅情サスペンス」にありがちの、やたら観光名所とご当地グルメが登場する内容だった。だからなんで「北一硝子(きたいちガラス)三号館」とか被疑者が悠長に見たりしてんだ!?　でもってなんで七転刑事（『七転八起』は元ちゃん演じる刑事の名前なのだ）がホッケを肴(さかな)に小樽ワインで一杯やるわけ!?　とツッコミどころ満載。それでもいいのだ、女性視聴者はみ〜んなイケメン刑事と旅情を分かち合いたいんだから。

札幌同様、当然私は小樽にも行ったことがなかった。どういう町なのかまったく知らなかったし、特に興味も持たなかった。が、私はドラマの舞台となっている小樽の町並みをことさら注意深くみつめた。先日、よろずやプロをめぐみさんが訪れたとき、帰る間際にちらりと言っていたからだ。

そういえば、小樽にも——旅の途中、寄っていただけたらいいな。

もしも「丘の上の人物」が、あの人じゃなかったとしたら。いまは小樽で、お母さんと一緒に……ひょっとして「彼の家族」と一緒に、幸せに暮らしているかも、って想像したりしてるんです。

私、札幌にいながら、小樽って行ったことがなくて。それはそれは美しい町なんだと、あの人が教えてくれました。かなわない夢になってしまったけど、ほんとうに行ってみたかった。いつか、彼と一緒に。

おかえりさん。もしよかったら、私の故郷だけでなく、あの人の故郷も——旅していただけませんか？

イケメン刑事が華麗に活躍する舞台として、小樽の町は、ちんまりとこぎれいに収まっていた。テレビの中では、元ちゃんは当然魅力的なのだが、小樽自体はどうってことない地方都市にしか見えない。観光スポットやグルメスポットが意味なく登場するのも、かえって興ざめな感じがした。演出に問題があるのであって、きっと本物の小樽はもっと魅力的な町なのだろう。

ドラマの舞台はやがて札幌へと移動した。じりじりと被疑者を追い詰める七転刑事。ラストまであと十分。被疑者が追い詰められ、容疑を認めることになる舞台は――やっぱり、モエレ沼公園だった。

ちょっとシンクロしすぎじゃないのこれ、と思いつつ、どきどきしながら画面を食い入るように見る。もちろん、元ちゃんを追いかけてるわけじゃない。私は、あの丘、「モエレ山」を凝視しているのだ。

待て～ッ、と元ちゃん扮する刑事は被疑者を追い詰める。被疑者はすたこら丘の斜面を登る。そして頂上に達したところで……。

『岩鬼正美だな。九曲署特捜班、七転だ。この公園の周囲は完全に包囲されている。お前はもう逃げられない』

キメ台詞を吐く元ちゃんの背後に人影がないか、私は必死に探した。誰もいない。

『なんだって。何を根拠に……』

被疑者・岩鬼正美役の俳優の背後も目を皿にして見たが、やっぱりいない。あの

「丘の上の人物」の影も形もそこにはなかった。

いや、待てよ。よく考えたらいるわけがないか。撮影現場なのだ、一般の方々には立ち入りをご遠慮いただくのが筋だ。じゃあ、もしあそこに誰かいたとして、どいてもらったってこと？　そうだ、あたりまえじゃないか。

大きく息を放つと、ドラマのエンディングまで観ずに、私はプツッとテレビを消した。そのまま、ごろんとベッドの上に寝転がる。

問題なのは……ドラマの演出じゃなくて。

問題なのは……私が、どうしようもなく気にしてしまっていることだ。

あの人――「丘の上の人物」のことを。

めぐみさんのもとカレなんかじゃ全然ないかもしれない。いや、むしろその確率のほうが高い。会社をリタイアして暇を持て余したおじさんとか、世をはかなんでいる思慮深いホームレスとか、単に高いところが好きな「高所マニア」とか。そういう人であるならば、自然なことなのだ。あんなところに、ひとりであぁして、周囲から妙な目で見られようとも、いつまでも座りこんで世界を眺めていることなど。

そうだ。きっと、彼はめぐみさんのかつての恋人じゃないんだ。だから、だから私は、それを――確かめに行けばいいだけなんだ。

そう思いついたとたん、私は携帯で鉄壁社長に電話をかけていた。

この依頼を受ける、とすぐにでも言っておきたかった。十秒後にはくじけて、また決心が変わってしまうかもしれない。今度はそれが恐かったのだ。


小樽駅で電車を降りたとたん、ひんやりとすずやかな空気に包まれた。

六月、東京では梅雨の走りの雨が降れば少し蒸し暑く感じる季節。小樽にやってきて、私が最初に感じたのは、春を惜しみつつ夏に移行する時季の、あのさわやかに澄み切った大気——まぎれもないふるさとの気配だった。

駅前のロータリーに出ると、広々とした中央通りが見える。あまり車の通っていない整備された道路は、緩やかな傾斜を描いて、まっすぐに海へとつながっている。道の消失点にたゆたう青を遠く眺めてから、その方角へと私は歩き出した。

風が吹く。少し湿った、気持ちのいい風。潮風だ。

だから、だろうか。この町に降り立った瞬間に、ふるさとの気配を感じ取ったのは。

もちろん、小樽は、私の故郷・礼文島とは比較にならないほど大きな町だし、立派な都会だ。そう、電車の駅がある時点ですでに大違いなのだ。それなのに、やはりこの町には私が生まれ育った島に近い空気感があった。きっとそれは、近くに海があるからなのだろう。梅雨とは無縁の、透き通った風が吹き渡っているからなのだろう。

遠くきらめく海景に向かってゆるゆると歩きながら、いつもの旅の友、ルイ・ヴィトンのトートバッグから「小樽観光マップ」を取り出す。最初の赤信号で立ち止まったとき、広げてみた。

ＪＲ小樽駅から中央通りをまっすぐ、東に向かって歩いていき、「都通り商店街」に入って、通り抜ける。すると、通りをへだててすぐの斜向（はすむ）かいに、別の商店街「サンモール一番街商店街」がある。それを入って、すぐ右側にある屋台村「レンガ横丁」が、今日の私の最終目的地だ。

レンガ横丁に集まっている店（屋台村と冠しつつ、実際は小さな店の集まりのようだ）が開くのは夕方五時。いまは十一時半だから、まだまだたっぷり時間はある。ちょうどランチタイムだし、おいしいと評判の小樽寿司（ずし）でも食べにいこうかな。イクラ、ウニ、カニ、おいしいだろうな。

ああ、そういえばウニのお寿司が食べたい！　東京でだっておいしいウニは食べられるけど、ここのところすっかり仕事を干されて、おいしい＝高いウニのお寿司を誰かにごちそうになるのもご無沙汰なのだ。当然、自分じゃ食べにいく余裕なんてないし。ほんとうにおいしいウニは、とろけるカスタードプリンみたいに甘くてクリーミーで、そりゃもう筆舌に尽くしがたい美味(うま)さだ。

ウニが名物の礼文島では、シーズンになればどっと観光客が増えて、あちこちでウニを堪能(たんのう)する人々の姿が見られたっけ。おばあちゃんも、母も、私や恵太には、誕生日だけ特別にウニを食べさせてくれたが、自分たちは決して食べなかった。いわく、

「ウニは卵以上にコレステロール値が高いから」。

たしかに食べすぎは毒かもしれない。でも、ほんとうは、大切な島の資源を島民である自分たちが率先して食べるわけにはいかない、という遠慮があったんだと思う。島外からわざわざ来てくれる人たちにこそ食べてもらって、礼文のすばらしさを味わってもらいたい。そしてまた、帰ってきてほしい。そういう思いがあったんだと思う。

小樽の寿司屋なら、銀座の寿司屋ほど高くなく、ウニのお寿司が食べられるだろうな。じゃあ、ランチは迷わずお寿司。それから、商店街の純喫茶でコーヒーを飲んで、「六花亭(ろっかてい)」でアイスクリームとチョコレートを食べて……。

地図を眺めながら、いつしか私は、すっかりいつもの「旅気分」に自分がなっていることに気がついた。

きのう、ちっとも眠れなくて、ふとんにしがみついて何度も何度も寝がえり打って

たのに。

ほんとにいいの？　北海道に行っても？　ふるさとのある場所へ帰ってもいいの？と、自問自答して苦しんでいたくせに。

いまの私は、潮風に髪を遊ばせて、適度にお腹を空かせて、さあいったいどこへ行こうか、そわそわと信号待ちをしている。心の空は、やわらかい日の光で満ち始めている。まるで、この小樽の空そのもののように。

そうだ。私、いま、まちがいなく旅をしているのだ。めぐみさんの代わりに。だから、楽しんだっていいんだ。いや、楽しむべきなんだ。

そう自分に言い聞かせた瞬間に、信号が青に変わった。通りの向こうに、ガラス製品の雑貨店がずらりと並ぶのが見える。まずあそこへ行って、めぐみさんに似合いそうな手作りガラスのアクセサリーを探そう、と、ふいに思いついた。それもきっと、旅のかたちのひとつになるはずだから。

横断歩道を渡りきったところで、見覚えのある町並みに気づく。あれ？　なんか私、この場所見たことがあるような。

あ、そうか。「七転刑事」が被疑者を追って猛烈に走っていたところだ、とわかって、ひとり笑いする。

ご依頼、お受けします。

一週間まえ、めぐみさんに電話をした。電話の向こうで、めぐみさんは、しばし絶句していた。少女のように純真な彼女は、きっと涙ぐんでいたに違いない。ありがとうございます、と返ってきた声は潤んでいた。

「ご依頼どおり、行ってまいります。札幌と、小樽に」

『札幌と、小樽に……』

復唱するめぐみさんの声は、少しかすれていた。

「旅の開始は一週間後、日程は二泊三日とさせていただきます。それで、先日お目にかかったとき、社長が説明したとおりなんですが……旅から帰ってきて、『旅の成果物』をお届けして、任務終了、ということになります。『成果物』は、どういったものをご希望ですか？」

映像、写真、メール、手紙、電話等、「成果物」のかたちや方法は依頼人の希望に添うことにしている。依頼人のリクエストによっては、事前に勉強したり準備したりする必要がある。旅の開始を一週間後、と設定したのはそのためだ。

『そういえば、そういうお話でしたね。でも、私、考えてもみませんでした。旅していただくだけでもうれしいのに、何かかたちとして届けてくださるなんて……』

めぐみさんが言うことはもっともだった。

旅には、そもそも「かたち」なんてない。おみやげとか絵葉書とか、その地で何か手に入れる、あるいは、ビデオに撮ったり写真に収めたり、目に見える記録として残して、それを旅の思い出とするのだ。ある人は浜辺で拾った貝殻、またある人は駅弁の箸袋なんかを、後生大事にとっておく。誰かにとってはなんの価値もなく意味もないもの、けれど旅した人にとってはそれが大切な旅の「かたち」になるのだ。

旅をしてきました。はい、この通り。そんなふうに「成果物」を依頼人に提出する、という「旅屋」のスタイルは、なんだか皮肉なものに思われる。だってそれは、旅をした私にとっては意味のあるものかもしれないけれど、実際旅をしていない依頼人にとって、どれほどの価値があるものなのか。正直、わからないまま、「旅屋」を始めてしまったわけなのだが。

「じゃあ、とりあえず……旅のルートはどうしましょうか？　特に行きたいところ、やりたいこと、食べたいもの、ありますか？」

質問を変えてみた。電話の向こうでしばらく考えこむ気配があった。やがて、めぐみさんは言った。

『会いたい人が……いえ、会っていただきたい人がいます』

はっとした。

旅先で私に会ってもらいたい人、つまり、めぐみさんが会いたい人だ。

「どなたですか」と、すかさず訊いてみた。

『三人、います』と、めぐみさんは、とうに決めていたように、やはりすかさず答えた。

『ひとりめは、小樽の……彼のお母さんに。網焼きのおいしい小さな居酒屋を経営してるって聞きました。二十年もまえの話なので、ひょっとしたらもうやっていないかもしれないですけど。たしか、ひらがなで「はまだ」って名前だったと思います』

私は、バッグからノートとボールペンを取り出して、「はまだ」と走り書きした。

「だいたいどのあたりにあるか、ご存じですか？」

『いえ、小樽市内にあるとしか……。カウンターだけの、小さな店だと聞きました』

「小樽市内　カウンターのみ」と、またメモる。なんだか探偵っぽい気分になってきた。

「ふたりめは？」と尋ねると、少し口ごもってから、めぐみさんは決心したように言った。

『姉です。元気かどうか、それだけが知りたいです』

ふるさとを出奔して以来十八年間、たったひとりの肉親に会っていないのだ。めぐみさんの思いは、当然のことだった。連絡がほしいとか、許してほしいとか、お姉さんと会って私に具体的に何かを伝えてほしい、とは言わなかった。ただ、元気かどうか、それだけをめぐみさんは知りたがっていた。

実家の住所をノートに書きつけてから、さて三人めは、と訊くまでもなく、はっきりした口調で、めぐみさんは言った。

『そして最後に、あの人……「丘の上の人物」に、会ってきていただけますか。もちろん、あの場所にあの人物がいまも座っていれば、の話ですが』

私は、めぐみさんに見えないとわかっていて、黙ってうなずいた。「モエレ山」とノートに書いてから、私は言った。

「仮に会えたとして、何かお伝えすることはありますか?」

めぐみさんは、また少しだけ口ごもった。けれどやっぱり、とうに決めていた、という口調で答えた。

『もしも、帰るところがあるのだったら……どうかその場所へ、おかえりなさい。そう伝えてください』

　私はメモをとる手を止めた。なんとも不思議な言葉だったからだ。

　どうかその場所へ、おかえりなさい。

「彼が、その……純也さんじゃなかったとしても、そう伝えればいいんですね？」

　はい、と歯切れよくめぐみさんが返事をした。

　あの人物が誰であれ、帰るところがあるのだったら、そこへ帰ってほしい。めぐみさんは、そう願っていた。

「帰るところなんかない、と言われたら？」

　意地悪な質問をしてみた。そうである可能性も大きいのだ。帰れ、と突然、見ず知らずの他人に言われたところで、驚くだけだろう。帰るところなんかないからこうしてるんだ、そう言われるのがオチじゃないだろうか。

『そんなはず、ありません』

　めぐみさんは、力をこめて言った。

『この世のどこかで生まれたんだから、どんな人にも帰るべき場所……ふるさとはあるはずです。私にだって……』

　そう思いながら、生きてきた。

いまは、帰れない。でもいつか、きっと帰りたい。そう思わずには、生きられなかった。

めぐみさんの言葉は、いつまでも、私の胸の中で尖(とが)っている峰々にこだました。

いまは、帰れない。でも、いつか。

きっと、いつか。

5

小樽の町は、駅から小樽港に向かってごく緩やかに傾斜しているせいか、町の実際のスケールよりも広々と開けて見える。

港に間近い運河まで歩いてたどり着くのはけっこう時間がかかるかな、と思ったのだが、気がつくともうレンガ倉庫の連なりが目の前に現れた。茶褐色のレンガの壁が、青空を横たえた運河にさかさまに映っている。水面をはさんでこちら側の遊歩道にたたずんで、私はデジカメのシャッターボタンを押した。

旅の「成果物」を何にするか、結局、めぐみさんは決めてくれなかった。

なんでもいいです。おかえりさんの思いつく方法で、伝えてくださるなら。

なつかしい土地への旅が、いったいどんなふうだったか。おかえりさんらしく教えてくだされば、それでじゅうぶんです。

どうかそれが、さびしいひとり旅じゃありませんように。心苦しかったり、緊張したりしませんように。だって、テレビの中で旅するおかえりさんは、いつも心底楽しそうでした。リラックスして、気持ちのいい風を受けて、のんびりゆっくり旅を満喫していましたよね。演技なんかじゃなく、ほんとうに旅を楽しんでいるんだ、って感じが、何よりすてきだったんですから。

めぐみさんから、そんなメッセージをもらった。出発まえに、「それで成果物はどういたしますか?」とメールしたら、返信がきたのだ。

無理ですよお、と言いたかった。だって、めぐみさんの代わりに、めぐみさんの会いたい人に会いに行く旅なんだから。昔の彼のお母さんと、断絶したままのお姉さんと、得体の知れない謎の「丘の上の人物」。仲良しのいとこに、元気~? って会いに行くのとはまったく違うのだ。緊張するな、と言われれば、よけいに肩に力が入ってしまう。

できれば、依頼人の心がやすまる報告がしたい。旅を依頼してよかった、と言ってもらえるような。でも、それってどんなことだろう? 純也さんのお母さんをみつけ出して、肩を組んでピースサインしてるデジカメ写真? お姉さんと会って、もういいかげん帰ってきなさい、ってその場から電話してもらうこと? そして「丘の上の人物」に会って、あの動画はヤラセでした、って証言するのを録画してくること?

そうじゃないんだよなあ。だって、それじゃ探偵まがいの便利屋、っていうか。こじれた親族との人間関係修復します、初恋の人捜します、って感じ。でもそれは、本来的には私の仕事――「旅屋」の仕事じゃない。

私がやるべきことは、旅すること。めぐみさんに代わって、旅を楽しむこと。

ってことはつまり、めぐみさんのメッセージは正しい、ってわけか。

「ちょっとお客さん。写真に撮るのはいいけどさあ。早いとこ食べないと、せっかくのカニ汁冷めちゃうよ」

声をかけられて、はっとした。

顔を上げると、縞襟（しまえり）の白い甚平に調理帽を白髪頭に載せた寿司職人の大将が、カウンターの向こう側からじっとこちらの様子をうかがっている。

寿司屋通りにある「北寿司」という店に、遅いランチのためにやってきていた。小樽運河から波止場へと抜け、堺町通りのガラスショップを冷やかして、ソフトクリームなどを買い食いしているうちに、すっかりランチのタイミングを逃してしまったのだ。店に入ったのは、オーダーストップ後の一時五十分だった。東京から食べにきたんです、どうしてもこちらのお寿司が食べたいんです、お願いします、と懇願して、人のよさそうな大将が、そこまで言われちゃしょうがねえなあ、と受け入れてくれたのだった。

　私はあわててデジカメをバッグにしまうと、「あ、そうですね。すみません。いただきます」と口早に言って、カニ汁の大きなお椀（わん）を両手で持ち上げた。ずずっ、とつい、はしたなくも音を立てて汁をすする。とたんに、口の中いっぱいに広がるカニの風味と赤だし味噌の辛味。

「はあ、おいしいっ」と、いつもの調子で感嘆の声を上げる。大将が、やはり、じっとこっちをうかがっている。私はまた、あわてて顔を伏せると、ちまちまとガリをつついて口に運んだ。どうもさっきからずっと、大将に探られている気がする。なんだこの客、どっかで見たことがあるぞ、って感じで。

「なんかやたら寿司の写真撮ってるね、お客さん。ひょっとして、グルメ本のライターさんとか？」

　そう言われて、ちょっと肩すかしを食らう。はいはい、どうせその程度ですよ、私の顔のバレ方は。

「まあ、そんなとこです」と、軽くかわしておく。こうなったら、徹底取材だ。

「あの、小樽名物・ほっけの網焼き、っていうのを取材しようと思ってるんですが……レンガ横丁の店、『はまだ』ってどうですか？」

めぐみさんから聞いていた、純也さんのお母さんが経営している居酒屋。「はまだ」なんてありがちな名前だし、小樽じゅう探すことになるんじゃないか、一日で足りるかな、などと思いつつネットで検索したら、なんと小樽市内に一軒しかなかった。グルメブログには「小さいながらも四十年続く網焼きの老舗（しにせ）」とあった。ここで間違いなさそうだ。

「へえ、『はまだ』に目をつけたの？　あんた、なかなかセンスあるじゃないか」

大将がさも感心したふうだったので、私は色めき立った。

「特徴ある店なんですか？　その……お料理もですが、名物女将（おかみ）とか」

けしかけてみると、大将はまた、へえ、と感心の声を出した。

「名物女将のことも、もう知ってるんだね。アレか、ネットで調べたの？」

やっぱり。

「どんなふうに名物なんですか？」たたみかけるように訊くと、

「いや、とんでもないヘンクツでさ」と、大将はくすくす笑った。

「まあ、取材するまえにこんな入れ知恵するのもなんだけど……若いときにゃあ美人でさ。花園界隈（かいわい）のスナックに勤めてて、出張で来てた釧路のでっかい海産物問屋の社長とデキちゃってね。ひとりで子供を産んで育てて、とまあ、ここまではフツウの話だ」

いや、でっかい海産物問屋の社長とって、フツウでもないと思うけど。

「そのひとり息子が、なんつうかまあ……とんでもない天才でさ」

ひとり息子。純也さんのことだ。

「天才って？　学者か何かなんですか？」

そうであってほしい、と願いつつ尋ねてみたが、大将は、思わせぶりににやにやしている。

「いや、おれはよく知らないけどさ。……金融工学、っての？　とにかく、ものっすごい金もうけの天才だったんだよ」

偶然にも、「はまだ」の女将さんとは何十年ものあいだ親戚付き合いをしている、という大将が教えてくれた純也さん母子の話は、私の想像をはるかに超えて、信じがたい内容だった。

純也さんは子供の頃から大変な秀才で、中・高校生時代には全国模試で何度も一位になったらしい。加えて美術や音楽のセンスもあり、絵画コンクールに出品すれば優秀賞をとり、文化祭ではビートルズのコピーバンドをやって女の子の黄色い声援を受ける。とにかく何をやっても目立つ少年だった。

が、純也さんのお母さんはいつも渋い顔で、ちっとも純也さんを褒めたり自慢したりしない。「キャーキャー騒がれてみっともない」とか「目立ちたがり屋で困る」などと、わざと息子を冷たく突き放す。

純也さんはそれでもお母さんを思いやり、誰よりも大切にしていた。親しい友人や近所のおじさん、おばさんに、将来の夢は？　と問われれば、決まってこう答えた。

大人になったら、母さんを助けて居酒屋を手伝うんだ。昼間は子供たちに教える絵画教室を開いて、ときどきアマチュアバンドで道内ツアーをやる。ひとつだけ贅沢できるなら、哲学書がいっぱいに並んだ小さな書斎を作ること。それが僕の夢。

「な、どんだけ賢い子なのかわかるだろ？　夢といってもあくまでも現実的で具体的。高望みはしない、きちんとお袋さんの恩に報いる。どんなに成績がよくても芸術的センスがあっても女の子にモテても、ちっとも振り回されない。ありゃあホンモノだ、ってみんな噂（うわさ）してたよ」

純也さんは、トップの成績で北海道大学文学部哲学科へ進んだ。ひとりになった母親は、満足そうに、けれどどことなくさびしそうにも見えた。そして――

「大学卒業して、当然こっちへ帰ってくるもんだと思ってたんだよな。お袋さんのこと手伝うって公言してたし、女将も口にこそ出さないけど期待してたんだよ。卒業間際になったら、妙にわくわくしちゃってさ、あのヘンクツが。ところがどっこい、息子は帰郷するどころか、とんだ遠くへ行っちまったんだ」

卒業後、純也さんの消息がぷっつりと途絶えた。お母さんは、まったくどこをほっつき歩いてんだ、ご近所にまで心配かけて、帰ってきたってうちの敷居をまたがせない、と最初は息巻いていた。が、それから一ヵ月、三ヵ月、半年と、いつまでたっても連絡がない。お母さんは心労からか、食欲もなく、げっそりと痩せて、それでも強がりを言うのをやめなかった。あのトウヘンボク、もうあたしの息子なんかじゃない。二度と帰ってこなくたっていい、などと。

「それがねえ。いまからちょうど二、三年まえかな。ひょっこり、帰ってきたんだよ。お袋さんのところじゃなくて、この店に」

私がいま座っているこのカウンター席に、純也さんは座った。大将は、最初誰だか気がつかなかったという。こざっぱりと髪を整え、高級なスーツに身を包んで、腕にはハイブランドの腕時計、手入れの行き届いたきれいな爪。大将に向かい合って、ごぶさたしてます、おじさん、と声をかけた。

なんと、純也さんはアメリカの大学院に留学して、金融工学を学び、博士号を取得して、ニューヨークの大手金融ファンドに就職していたのだ。口にこそ出さなかったが、彼の身なりがどれほどの高収入を得ていたのかを証明していた。わずか一夜で数十億ドルを動かす金融界の怪物に、純也さんは変身していた。

「信じられない。……大将、話作ってませんか」

私は唾をのみこんで、思わずそう口走った。

「おれだって作り話だと思ったよ。最初に純也からその話を聞いたときにゃ」

大将は、無意識に「純也」と名前を出した。やはり、間違いなかった。

「それで、わけあって一時帰国したんだけど……お袋さんに合わせる顔がない、って言っててさ。十何年もほったらかしにしてたから、きっと家の敷居をまたがせてくれないだろうって。だから、おれにあいだを取り持ってほしいってさ。そりゃあお安い御用だ、って引き受けたら……」

ありがとうございます。これ、少ないですがお納めください。

そう言って、純也さんは、ブランドバッグから分厚い封筒を取り出し、カウンターの上に置いた。お土産の菓子折を置く感じで。いくらかわからない、けれど相当な額の札束が入っているのは明らかだった。

「それで、おれ、怒ったんだよ。冗談じゃない、って。人の情けまで金で買うような人間になったのかお前は!?　ってね。どうやって稼いだ金か知らねえけど、その封筒をカウンターの上からどけろ。そこは寿司を載っける神聖な場所だぞ、って」

大将の剣幕に、純也さんは最初きょとんとした。子供の頃の純粋な表情そのままに。それから、バツの悪そうな顔になり、やがて悲しそうな表情になった。おじさんの言うとおりです。僕は変わってしまった、と。

たった一夜で巨額の金を操作し、お金のありがたさ、額に汗して働くことの大切さがわからなくなってしまった。

北大四年のとき、人生観がすっかり変わってしまうできごとがあったんです。最初は、この人生をバフ色に変える幸せなできごとが。そしてやがて、この人生を捨ててしまいたいと悲嘆に暮れるできごとが。

僕の人生は、あのとき、一度終わってしまったも同然でした。故郷に帰ることもできず、前にも進めず後ろにも戻れず、ただじっと、考えに考えた。そうすることしか、できなかった。

この人生を変えたい、どうにかして徹底的に変えてしまいたい。それで、思い切ってアメリカに渡ったんです。美術でも音楽でも哲学でもない、まったく別の分野の勉強をして、気持ちを変えよう、と思いました。それが金融工学でした。忘れたいことがあったからでしょうか、またたくまにのめりこんでしまった。

大手ファンド各社が優秀な研究者を狙って、争奪戦を繰り広げていました。僕も何社からもオファーを受けました。信じられないほどの年俸と条件を提示され、アメリカで高収益ナンバーワンのファンドの開発ポストに就職して、気がついたら、億単位のお金にしか反応しない、そんな人間になってしまったんです。

すっかり「新しい人生」を歩み始めた純也さんだった。その彼が、十数年ぶりに故郷へ戻った理由は――。

「リーマン・ショックですか」

私が言うと、大将は、ふむ、と息をついてうなずいた。

「何もかも失ったんだとさ。会社も、持ち家も、持ち株も、友だちもね」

いくばくかのお金が残っていた。それで、お母さんの居酒屋を立て直してやりたい、と帰ってきたのだという。それで、何もかも、きれいさっぱりおしまいにするつもりだと。

「女将さんは、息子さんの申し入れを受けたんですか？」

「まさか」と、大将は首を横に振った。

「そんなあぶく銭を受け取れるもんか、この馬鹿！　ってね。おれの目の前で、平手でバッチーン！　だよ。思いっきり息子のほっぺた、ひっぱたいた」

まるで自分が怒りの制裁を受けたかのように、大将は右手で左の頬をさすった。私も思わず、自分のほっぺたをさすってしまった。

「てことは、大将、仲立ちをしてあげたんですね。女将さんと、息子さんの」

頬をさすっていた手で顎先を撫でながら、「まあ、そういうわけだ」と少々決まり悪そうに大将が言った。

「だってさ、かわいそうじゃないか。景気がいいときにはみーんなしっぽ振って寄ってたかってちやほやしただろうに、カネ回りが悪くなったとたん、蜘蛛の子散らすみたいにいなくなっちまうなんてさ。何もかも失って、あいつも気がついたと思うんだよ。結局、人間、何を失くしても、残るものがあるんだってことが」

何を失くしても、残るもの。

「それって、なんですか？」

私の問いに、大将は、にっと笑って答えた。

「決まってんだろ。生まれ故郷と、親さ」

一瞬、息を止めて、私は大将をみつめた。それから、ことさら自然を装って、

「なるほど」

とつぶやいた。

「それに気がついたから、奴さん、帰ってきたんだろ。自分に残ってるものを確かめるためにさ」

私は、黙りこくった。大将は、私の様子をみつめているようだったが、やがて壁の時計を見上げて言った。

「おっと、長話が過ぎたな。もう夜の仕込みに入る時間だ。お客さん、続きは『はまだ』で女将に直接聞くといいよ」

私は、こくりとうなずいた。ごちそうさま、と立ち上がって、お会計をカウンターの上に載せた。釣銭を私に手渡しながら、大将がぼそっと言った。

「でもなあ。おれ、ちょっと後悔してるんだ」

私は首を傾げた。大将は、にやりと笑って、

「あんとき、カウンターに載っけられたあの封筒。あれもらっときゃ、この店の壁紙くらい新調できたのになあ、って」

そう言った。私は思わず微笑んだ。

めぐみさんと始めようとした人生をあきらめ、まったく別の人生を始めた純也さん。そしてその人生にも見放され、故郷へ帰ってきたのだ。

母の平手打ちに迎えられた第二の人生を、いま、どんなふうに生きているのだろう

か。

「うちの店のことも大きく出してよね、ライターさん」

大将に言われて、「もちろんです」と、つい返してしまった。

店の出口まで、大将は見送ってくれた。「はまだ」の女将にはおれが話したってこと、ナイショだよ、と念を押された。

店を出た私の足は、レンガ横丁ではなく、ごく自然に波止場へと向かっていた。もう一度、ふるさとの気配がある潮風を浴びたくなったのだ。

どうしてだかわからない。けれど、そうせずにはいられなかった。

6

おたる屋台村レンガ横丁の一番奥まった場所に、その店、「はまだ」は、ちんまりと佇んでいた。

絵に描いたような赤提灯(あかちょうちん)が軒先に下がっている。午後五時、まだ明るい中でぼんやりと光を灯(とも)す提灯に「はまだ」の文字があるのを確認して、ひとつ息をついてから、カラカラ、とサッシの戸を開ける。

「いらっしゃい」

目の前すぐにカウンターがあり、その中で菜箸を動かしていた女将さんらしき人——つまり、純也さんのお母さんらしき人が顔を上げて、元気よく声を出した。私はぺこりと頭を下げ、パイプスツールに腰を下ろした。ぐるりと店内を見渡す。ちょっと頭を動かしただけで全貌が見えてしまうようなごく小さな店だ。もともと店があった場所が再開発され、この横丁に移ったと、昼間に入った「北寿司」の大将から聞かされた。ベニヤの壁には達筆な文字で「ほっけ網焼き」「アスパラベーコン」「じゃがバター」などなど、品書きが並んでいる。文字を眺めただけでも、じんわり口の中が湿ってくる。

「とりあえず生、いっとく？　グルメライターさん」

熱々のおしぼりを両手で広げて差し出しながら、女将さんが言った。私は、あれ？と女将さんの顔を見た。色白のつやつやした顔に、ふふん、と笑みが浮かぶ。

「聞いてたのよ、『北寿司』の大将から。五時きっかりに女性ひとり客が来たら、そりゃ東京の有名なグルメライターさんだから、いろいろ話してやってくれ、って。『おたる屋台村大解剖・美人女将とご当地グルメ百連発！』って特集なんですって？うちをメインに紹介してくれるそうじゃないの、ありがたいわねえ」

はあ、と私はこわばった笑みを返した。そんなこと、大将にひと言も言わなかったんだけど。

にしても、偽りの自己紹介の手間が省けたわけだ。心の中で、とりあえず大将に感謝する。何も注文していないのに、さあさあ食べて、と、お店の名物だというほっけの網焼きやアスパラベーコンやじゃがバターがたちまち並んだ。ありがたくいただくことにする。

なつかしい、故郷のおいしいものたち。単純な料理は、もちろん東京でだって食べられるし、自分で作ることもある。けれど、単純なだけに素材が命の料理だから、北海道で食べればいっそうおいしいに決まってる。北寿司でもそうだったが、私はこれが仕事の一部であることなんかすっかり忘れて、おいしい、おいしいとひたすら食べた。女将さんは手際よく料理の小皿を次々に出しつつ、ときおり私の顔をしみじみと眺めている。

「あんた、いい顔してるわねえ」

突然言われて、私はきょとんとしてしまった。これでもいちおう元アイドルだから、べっぴんさんとか、かわいいね、と言われたことは、なくはない。でも、いい顔、と言ってくれたのは、決まって「ちょびっ旅」ファミリーの市川さんや安藤さんだった。

丘ちゃん、いい顔だね。うまそうだよ、そのいい顔、いただきだ。そんなふうに。

「すっごく、いい顔。おいしい顔だ。なるほどねえ、グルメライターってだけあるわ」

女将さんが妙に納得しているので、思わず笑ってしまった。

「いや別に、顔で書くわけじゃありませんから」

「でも、そんなふうにおいしそうな顔できるんだから、きっと、うんとおいしい文章が書けるんじゃないの？　あたしはそう思うな」

　おいしそうな顔、楽しそうな様子。おかえりの魅力は、旅することを演じてない、ってとこなんだよな。市川さんにそんなふうに言われたことがあった。いつも、素のままの人。つまり、いつまでたっても「素人」。そんなの全然褒め言葉じゃないですよ、と反論したけど、なんでだろう、ちょっとうれしくもあった。

　いつまでたっても素人臭さが抜けきれない。たしかにそれが、タレントとしての私の最大の欠点だったが、同時に最大の長所でもあった、と思う。そういえば、鉄壁社長にもよく言われたものだ。

　いつまでたってもお前は芸能人っぽくならない、そこがダメなところだ。華がない、ってことだからな。

　でもな、えりか。それがまた、お前の一番いいとこなんだ。まるで姉さんのような、妹のような。娘みたいな、孫みたいな。隣に住んでる気のいい女の子、みたいな。ひょっとして、あたしに似てる？　と思わせるような。

　誰にでも親しみを覚えてもらえる。そんなタレント、なかなかいねえぞ。

「で、大将はなんて言ってたの？　うちの馬鹿息子のこと。食うに食えない馬鹿っぷりだとかなんとか、言ってたんでしょ？」

突然、水を向けられて、ぎょっとした。

どうやら大将、見ず知らずのグルメライターにぺらぺらしゃべってしまった罪の意識で、かくなる上は先回りだ、とばかりに自ら女将さんに白状してしまったのだろう。グルメの話どころか、どういうわけだか純也のこと洗いざらい話しちまったよ、勘弁してくれ、とかなんとか。

私には、「おれが話したってこと、ナイショだよ」なんて言ってたくせに。とことん、正直者なんだなあ。でもまあこれで、またもや話の端緒がついたわけだ。感謝しなくちゃ。

「馬鹿だなんて、とんでもない。息子さんはすごい天才だ、って言ってましたよ」

フォローのつもりでそう答えると、

「金もうけのね」

ひんやりと女将さんが言い添えた。

「そりゃまあ、たしかに勉強はできる子だったわよ。勉強どころか、絵も描けるし、楽器もやるし、かけっこすりゃあ一番だったし。おまけに、女の子にもモテてねえ。でも、人生単位で眺めてみたら、ありゃあ結局、馬鹿息子だった」

そこまでひと息に言ってから、

「あたしも親馬鹿、だけどね」

あきらめたみたいに、また言い添えた。口調が変わったタイミングで、思い切って訊いてみた。

「いま、息子さんはどうされているんですか？　アメリカで成功されて、ひさしぶりに帰ってこられた、というところまでは、大将にお聞きしましたけど」

女将さんは菜箸でボウルの中をちょいちょいと触っていたが、

「それ、『美人女将とご当地グルメ百連発！』となんか関係あるの？」

いきなり正気に返った。私はあわてて、

「いや、『美人女将とモテる息子とご当地グルメ百連発！』っていうのも、いいかな、なんて」

と言い繕った。女将さんはため息をつくと、「無職よ。情けないことに」と言い捨てた。

「勉強も金もうけも、ほとほといやになったんじゃないの？　大将から聞いたと思うけど、あの子が仕事で扱ってたお金はあまりにもケタ外れ。いったいぜんたいどういう仕掛けになってんのか、あたしゃ馬鹿だからわかんないけどさ。毎日毎日、何百億円ものお金がコンピューターの中を行き来するっていうじゃないの。そりゃ普通の感覚、失うよ。もう金も数字も見るのがいやになったみたいだよ」

ということは、いま、一緒に暮らしている、ということなのだろうか。

「ふうん、そうなんだ。じゃあ、たまにはこのお店にご飯食べに来たりするんですか？　ちょっと、ご当地グルメについてお話聞いてみたいなあ」

らしくなく下手な演技をしてみる。女将さんは、じろりと私を猜疑の目で見た。

「あんた、うちの息子に雑誌のスポンサーになってもらいたい、とか思ってるんなら、無理だからね。あの子はもう、ほとんど文無しよ。それにいま、小樽にはいないから」

私は、ぐっとカウンターに身を乗り出した。それこそが、聞きたかったことだ。

「どこにいらっしゃるんですか？　また、ニューヨークへ戻られたとか？」

「さあね。思い出したようにいなくなって、また思い出したように帰ってくるよ。三日間の家出を、月に三、四回。それが、あの子が人生で一番やりたかったことなんだってさ」

女将さんは私の目を見ずに、つぶやくように言った。私は首を傾げた。

短い家出を繰り返す。それが、純也さんが人生で一番やりたかったこと？

「あの子はね、器用貧乏なのよ。勉強もできる、画才も音楽の才能もある、アメリカに行って蓄財もした。なんでもできちゃうくせに、人生で一番やりたいことをできなかったんだ。高校生の頃なんか、あれこれ夢を語ってたくせにね」

母さん。僕、大人になったらイサム・ノグチみたいな芸術家になろうかな。でっかい石の塊をかっこいい彫刻にするの、おもしろそうだし。

それとも、ミュージシャン。ビートルズのポール・マッカートニーみたいに、自分で曲を作って、バンドをやってもいいかもな。

いや、やっぱり、ミシェル・フーコーみたいな、ちょっと斜に構えた哲学者もかっこいい。

ねえ、母さんはどう思う？　僕、何になったらいいと思う？

「あたしはねえ、そんなふうに目をきらきらさせてたあの子に言ってやったもんだよ。なんの職業だっていい、なんになったっていい。でもね、あんたが人生で一番やりたいと思うことをやれる人になりなさい、ってね」

「グローバル経済」とやらに翻弄されたのち、純也さんが故郷に帰ってきたとき、女将さんは息子に尋ねたのだという。それであんたは、人生で一番やりたかったことはできたの？　と。

答えはNOだった。実は、それをするために帰ってきた、と純也さんは言った。じゃあそれはなんなの、と重ねて尋ねると、純也さんは、このカウンターの上にどさっと音を立てて分厚い包みを置いた。そして言った。

　いままで苦労をかけて、申し訳なかった。この金で、この店をもっと大きく、きれいにするよ。そのために帰ってきたんだ。

　女将さんは、思い切り息子の頬を打った。そんなあぶく銭を受け取れるもんか、この馬鹿！　そう叫んで。

「だって情けないでしょ、そんなことが自分の人生で一番やりたかったことだ、なんて。金で親孝行をしようだなんて、あたしゃそんなの、ごめんだよ」

　たったいま我が子の頬を叩いてしまったかのように、女将さんは悲しげな表情を浮かべた。私は、北寿司の大将がそのエピソードを教えてくれたときと同じように、右手でそっと自分の片頬を撫でた。

「そのお金は、このさき自分の生活費として使えばいい。それで、彫刻でも楽器でも哲学でも、なんでもいいから、人生で一番したいと思ってたのにいままでできなかったことをやりなさい。そう言ってやったよ」

　人生で一番したいと思っていたのに、いままでできなかったこと。

　それを、純也さんはいま、実行しているのだろうか。そしてそれは、女将さんが言うように、「短い家出を繰り返すこと」なのだろうか。

いや、違う。そんなはずはない。純也さんが一番やりたかったことは……。

「ときに、ライターさん。あんたはどうなの？　人生で、一番やりたかったこと、できてる？」

女将さんが、急に矛先をこっちに向けた。私は、つい、苦笑した。

「そうですね、できてるといえば、できてるかな」

「なんなの、それは？」

問われて私は、迷いなく答えた。

「旅することです」

ふうん、と女将さんは、しげしげとまた私の顔を眺めた。

「なるほど。だから、いい顔してんのね。旅して、おいしいもの食べて、仕事して」

ははっ、と私は笑った。

「まあ、そういうわけです」

「じゃあ、あんたはじゅうぶん、親孝行してるわね」

どきっとした。

まったく、この人はとんでもない方向から球を投げてくる。受け止めるのにはなかなかのテクニックが必要だ。いきなり「親孝行」の三文字を投げつけられて、私は戸惑ってしまった。

「いや、それはないかな。実家にも長いこと帰ってないし、仕送りをしているわけでもないし。どっちかというと、親不孝です」

言いたくはなかったが、そのとおりだった。まちがいなく、私は親不孝者だった。私は現にこうして北海道まで来ておきながら、故郷の礼文島まで行くことができないのだから。

「いいえ。じゅうぶん親孝行よ」と、女将さんはしみじみと言った。

「自分の子供が、人生で一番やりたいことを実行している。親にとっては、それが何よりうれしいことなのよ」

お金持ちになることとか、出世することとか、そんなことじゃなくたっていい。子供が、自分のやりたいようにやってる、生きたいように生きてる。それが親には何より一番なんだから。

皺（しわ）としみのある骨張った手で菜箸をちょこまかと動かしながら、女将さんはそう言った。

私は女将さんの顔を見ずに、よく動くその荒れた手をみつめるうちに、不覚にも、涙がこみ上げてきた。

子供、と女将さんは、純也さんのことを呼ぶ。でもその子供は、もう四十代半ば。立派なおじさんなのだ。それなのに、純也さんが小学生だった頃とちっとも変わらない愛情で、きっと女将さんはたったひとりの息子を見守っているのだ。その事実が、私の胸を静かに打った。

私は、働き者らしい女将さんの手に、おばあちゃんの、そして母の手を重ね合わせた。

丘の上で、その手を大きく振って、東京へと旅立っていく私を見送ってくれた日。あの日、遠い青空のさなかで、ちらちらと、いつまでも翻っていたおばあちゃんの、お母さんの手。

なんという長い時間、私は、私につながる人たちの、あのやつれてささくれだった、けれど美しい手を目にしていないことだろう。

立ち上がって、店を飛び出して、すぐにでもなつかしい故郷の島へ飛んでいきたい気持ち。島を出たあの日から、ほとんど初めて感じた衝動だった。

「どうしたの、ライターさん？　あんた、泣いてんの？」

女将さんに顔をのぞきこまれそうになって、私はあわてておしぼりを目に当てた。

「いや、ちょっと、その……ほっけの網焼きの煙が目にしみて」

「いまなんにも焼いてないけど？」

意地悪く言ってから、はい、と新しいおしぼりを差し出してくれた。熱いおしぼりを顔全体に広げて載せて、じんわりと涙が去っていくのを待った。心の中では、純也さんに少々文句を言いたい気分で。

純也さん、いま、どこにいて、何してるんですか？

こんなにいいお母さんをほったらかしにして、プチ家出なんてやってる場合じゃないでしょ。

たとえそれが、あなたが人生で一番やりたいことだったとしても……。

それは、そっくりそのまま、私自身に言ってやりたい文句でもあった。

結局私は、最後まで、自分のほんとうの身の上を明かすことなく、「はまだ」でおおいに食べ、おおいに飲んだ。女将さんに乗せられて、すっかりいい気分になってしまったのだった。

女将さんは、すばらしく話し上手な上に、美人で、気さくで、かっこいい人だった。そしてほんのり、母に似ていた。

だから、だろうか。いつまでも、カウンターの隅っこにいて、女将さんの話を聞いていたかった。ゆらゆら、ゆらゆら、ほろ酔いの波に揺られながら。

六時を過ぎた頃から、常連客もちらほらとやってきた。仕事帰りのおじさん、出張で立ち寄った顔なじみ。みんな、女将さんのファンのようだった。どうだいお姉さん、ここの肴、うまいだろ？　小樽の自慢の店だよ、いい記事書いてやってくれよ。そう言って、地ビールをおごってくれた。

北寿司の大将から、ごていねいにチェックの電話も入った。あのグルメライターさん、ちゃんとあんたの店の取材してくれてるかい？　と。女将さんは笑って、もちろん、すごくいい取材をしてくれたよ、と答えていた。お料理のことなんて、何ひとつ、私、質問しなかったのに。

時計の針が十一時を回った。二軒目、三軒目でやってくるご機嫌の酔客で満席になったので、もう帰らなくちゃ、と席を立ったときに、ふと思いついて訊いてみた。

「あの、女将さん。最後にひとつだけ、質問してもいいでしょうか？」

女将さんは、にっこり笑ってうなずいた。もしかすると、かなり意地悪な質問かもしれない。けれど私は、どうしても尋ねてみたかった。

「女将さんは、自分の人生で一番したいこと、できましたか？」

しばらく、女将さんは黙っていた。そしてやっぱり、こまごまと菜箸を動かしていた。やがてその頬に、うっすらと微笑が浮かんだ。

こくんとうなずいてから、女将さんは言った。楽しいことを思い出したような、明るく澄んだ口調で。

「あたしはね。人生で一番したかったこと、さっさとやっちゃったのよ。それはね、ふたつもあったの。子供を産んで育てること。それから、自分の手料理を、おいしい、って誰かに言ってもらうこと」

どんな苦労も、さびしさも、やりたいことをやったんだから、乗り越えられた。だからあの子にも、乗り越えてほしいのよ。

そう、あんたにもね。ライターさん。

女将さんの言葉は、あたたかな灯火（ともしび）になって、私の胸の中をほのぼのと照らした。

ホテルへ向かう道は、緩やかな坂道だ。ずっと遠くで港の光がきらきらと輝いているのが見える。まるで、地上に星々が降りてきたみたいに。

夜空を見上げると、子供の頃、ふるさとでみつけたのと同じ星座が、深い黒の中に浮かんでいた。

7

大通公園、若々しい木々の緑が初夏の日差しにきらめいて、目を開けていられないほどまぶしい。明るい木陰の中に立って、すうっと深呼吸してみる。

ああ、いいにおい。花の香りがほのかに漂っている。公園のところどころで可憐な花を咲かせているのは、なんの花だろう。

この季節、札幌の大通公園に行けば、きっとたくさんの花がいっぱいに咲いて迎えてくれますよ。めぐみさんが、そう言っていた。まるで自分が、おかえり、と花々に迎え入れられるかのように、声を弾ませて。

――私があの人と初めて出会ったのは、そう、テレビ塔を正面に見据える噴水の前。ぐるりと噴水を囲む長いベンチに、ぼんやり座っていたとき。おしゃれに夢中になる友人や、世の中の流行についていけずに、ほんの少し、この世界を嫌いになりかけていた。平凡で、世間しらずで、退屈な少女に、突然、あの人は声をかけてきたんです。

――ねえ。そのリボンって、どっちが『左』か、君に教えてくれるためのもの？　彼と出会ってから、そして別れてから、あの瞬間の奇跡を、何度も何度も思い出しました。

もしもあの日、あのとき、あのベンチに、私が座っていなかったなら。

そしてもしも、スニーカーの片っぽだけに赤いリボンを結ぶ、なんて、おかしなことを思いつかなかったら。

私たちは、出会えなかったかもしれない。いいえ、出会わずにすんだかもしれない。どこにでもある、小さな赤いリボン。あのリボンが、私たちを結びつけた。そして引き離した。そう思わずにはいられません――。

旅に出る前日、いってきます、とめぐみさんに電話をした。電話の向こうで、めぐみさんは、最初は楽しそうに声を弾ませていた。自分が旅するわけじゃないけれど、旅に出る前日のあの気分――わくわく、はじける気分そのままに。けれど、純也さんとの出会いを思い出すうちに、声色にさびしさがにじみ出た。

出会わなかったほうが、よかったかもしれない。私たち。

そんなつぶやきに、そうですね、とも、そんなことありませんよ、とも、私には言えなかった。

純也さんと出会わなかったら、めぐみさんは、もっと違う人生を歩んだだろう。郷里にとどまり、堅実に働き、結婚して、今度はお姉さんを支える側になって生きていたかもしれない。

けれど、純也さんと出会って、悲しい別れがあったからこそ、それをバネに、東京へ飛び出して、起業して成功した。そんなふうには考えられないだろうか。

めぐみさんにとって、また、純也さんにとって、そしてめぐみさんのお姉さんや「はまだ」の女将さんにとって、どちらがよりよい人生だったのか、私にはわからない。

でも、ひとつだけ言えることは——ふたりが出会わなかったことにする、というわけには、どうしたっていかないのだ。出会ってしまった、という事実の上に、それぞれがそれぞれの人生を構築してきてしまったのだから。

めぐみさんが純也さんと出会ったというベンチに座って、私は正面のテレビ塔を仰ぎ見た。すっきりと晴れわたった青空に突き刺さるようにして立つタワー、周辺にはたくさんのビルが見える。小樽よりも、北海道のほかのどの地域よりも、ここははるかに都会なのだろう。それでもやっぱり、ふるさとの島の風、ひんやりと澄んで心地よい風を感じるのは、なぜなんだろう。

いいにおいのするすずやかな風をひとしきり感じたあと、私は、傍らに置いていたトートバッグから化粧ポーチを取り出した。その中から、赤いリボンをつまみ出す。そしてそれを、自分の足に——白いスニーカーの左足の甲に、そっと結びつけた。

少女だっためぐみさんを真似て、そうしてみたかった。きのう、小樽でガラスのペンダントを、めぐみさんに、と思って買ったとき、プレゼント用の包みに赤いリボンをつけてくれたのだ。その偶然に、ちょっとだけ、いたずら心が動いた。

リボンを結びつけたスニーカーは、赤いひなげしが咲いたみたいに、そこだけぽつんと明るく見えた。特別な靴を履いたようで、なんだかくすぐったい気分になる。この「スニーカーの片っぽリボン」で、めぐみさんの世界は変わってしまったのだ。

足をぶらぶらさせてみる。軽くステップを踏んでみる。それから、こっそりとあたりを見回してみる。

もちろん、そんなことぐらいじゃ、私の世界はちっとも変わってくれない。

午後三時、私はめぐみさんの実家の前にたたずんでいた。

ウェブマップのおかげですんなり到着して、表札も間違いなく確認したのだが、どうも気持ちが定まらない。いなかったらどうしよう、その場合はしばらく張ってるかな、あの電柱の陰で？　いやいや怪しすぎるよそれは、などと思いあぐね、五分くらい門前を行ったり来たりしていた。

もうっ、こんなことしてたらストーカーと間違われて通報されちゃうよ。行くしかないでしょ、と腹を決めて、インターフォンではない昔ながらの呼び鈴を押した。

ピンポーン。

なつかしい呼び鈴の音がした。私は、にっこりと笑顔を作り、胸をときめかせて待った。飛びこみのセールスマンって、こんな気分だろうか。

ふと、足下に視線を落として、あ、と気がついた。昼間に結んだ赤いリボンがそのままついている。急いでしゃがんだ瞬間に、がちゃっと目の前のドアが開いた。

小柄で痩せた中年の女の人が、色のない顔をドアのすきまからのぞかせた。あわわっ、と私は立ち上がった。

「あ、こ、こんにちは。はじめまして、あの、私……」

じっとりと陰鬱な視線を投げかけているその人は、当然、めぐみさんのお姉さん、のぞみさんに違いなかった。が、めぐみさんの少女のような天真爛漫（らんまん）さはかけらもない。無言のままでこちらの様子をうかがっていたその人は、やがて、すっとドアを開

けると、

「お入りください」

ひと言、言った。自己紹介も何もしていないのに入ることを許されて、私はぽかんとしてしまった。

「あの……いいんですか？　入っても？」

暗いまなざしで私をみつめてから、のぞみさんは、「どうぞ」と、もう一度言って背を向けた。その背中を追って玄関へ入り、リボンをつけたままのスニーカーを脱いだ。廊下にきちんと膝をついて、のぞみさんがスリッパをこちらへ差し出してくれた。その所作で、ていねいな人なんだな、とわかった。

古い木造一戸建ての家の中は、どこかなつかしい、昭和のにおいがした。ご両親を早くに亡くして、姉妹ふたりが暮らしてきた家。そしてめぐみさんが出奔してからは、のぞみさんが、おそらくはひとりで守ってきた家、なのだ。

狭いながらもきちんと片付いた応接間に、私は通された。表面が毛羽立った黄緑色のソファに座ると、ぎしぎしっと音がした。のぞみさんは無言で部屋を出ていったが、ややあって、こぽこぽと保温ポットから湯を注ぐ音がかすかに聞こえてきた。不意の来客のために、お茶をいれてくれているらしかった。名乗りもせずにすんなりと受け入れられてしまったことにかえって戸惑いつつ、私は応接間の中を見回した。

古びた応接セット、渋い飴色のサイドボード。その上には、ゴルフボールの形をしたトロフィー、古い写真のフレーム。ご両親の写真だろうか、きちんと髪を七三に分けた紳士と、ショートカットでワンピース姿の婦人が、仲良く寄り添って写っている。小さなガラスの花瓶に大通公園でも見かけた花が生けてある。紫の花弁がほろほろと、写真フレームのあたりに散っている。その上の壁には、「夢」と書かれた楷書が額縁に入れて飾ってある。のびのびとおおらかな文字の横に、小さく「丘珠小　六年二組古澤めぐみ」と書いてある……ように見える。

がちゃり、とドアが開いて、お盆を持ったのぞみさんが入ってきた。前のめりになっていた私は、あわてて背筋を伸ばした。のぞみさんは、やっぱり無言で、テーブルの上にお茶の入った湯呑みをひとつだけ、茶托と一緒に置くと、私の目の前にすっと差し出した。私は口を結んで頭を下げた。

のぞみさんは、向かい側の肘掛け椅子に音もなく座ると、

「どうして『ちょびっ旅』やめちゃったんですか、おかえりさん？」

いきなり、言った。湯呑みを持ち上げかけていた私は、思わず膝の上にお茶をこぼしてしまった。

「あっちゃ……」と叫びかけると、

「ちゃっちゃっ！」と、代わりにのぞみさんが叫んだ。そして、お盆の上に載っていたふきんをつかむと、がばっと私の膝に飛びついた。

「大丈夫ですか!?　ああもう、私ったら、湯呑みにめいっぱい入れちゃったから……」

ごしごしと、私のジーンズの膝を拭いてくれた。私は唖然とした。なんなんだこの出来の悪いホームドラマみたいな展開は……。

「やけど、しちゃったかな。下、はき替えますか？　あっ、でも、私のジーンズ、サイズ合うかしら」

真顔で言うので、

「いえいえ、大丈夫です。そこまで濡れてませんから」

川で溺れたわけじゃないですから、と言いたいところだったが、愛想笑いでごまかした。

「それよりも、あの……ご存じだったんでしょうか。私が、こちらへお伺いすること」

のぞみさんは、もとどおり肘掛け椅子に座ると、「はい」とうなずいた。

「あの子が……めぐみが、手紙をよこしまして。タレントの丘えりかさんが、私の代わりに札幌を旅してくれるんだ、って」

そう言ってから、背後にあるサイドボードの引き出しを開け、一通の手紙を取り出してテーブルの上に置いた。

淡い紫色の封筒。「古澤のぞみ様」と生真面目な文字は、壁に掛かっている額の中の「夢」と同じ文字だ。消印は、依頼をお受けします、と私がめぐみさんに電話をした翌日だった。

そういえば、折々に姉に手紙を書いている、とめぐみさんは言っていた。一度も返事をもらったことはないけれど……と。

「びっくりしました。おかえりさんがタレントを一時休業して『旅屋』なるものを始められた、とあの子の手紙には書いてあって、故郷への旅をお願いしたのだと……。まさか、冗談だろうと思ってたのに」

「いや、本気です」と私は、苦笑して言った。

「ご覧いただいていた『ちょびっ旅』が終了しまして……私としては、まだまだ旅の途中のような気がしていたんです。それで、番組じゃなくてもいいから、旅を続けられる方法はないか、と考えていたんですね。偶然なんですが、そんなとき、ある方から、代理で旅をしてもらえないだろうか、とご依頼いただきまして」

「代理で……旅を？」

　私はうなずいた。

「事情があって旅ができない、けれど、どうしても旅したい場所がある。そういう方だったんです。旅の代理人なんて、そんなことできるかどうか私にもわからなかったのですが、ご依頼された方が喜んでくださるなら、とお引き受けしたんです。詳しくはお話しできませんが、振り返ってみると、とあるご家族の命運が懸かった旅でした」

　まあ、とのぞみさんは口に手を添えた。

「それで、どちらへいらっしゃったんですか」

「秋田の、角館へ。足を伸ばして、秘湯の玉肌温泉というところにも行きました。季節外れの雪と満開の桜。両方を映像におさめて、そのご家族にお届けしました」

「そうですか。深いご事情があったんですね」

　のぞみさんは、ふいに声を落とした。それから、

「重い責任を負われて、お辛い旅でしたか」

　そう訊いた。私は、にこっと笑って返した。

「いいえ。全然」

けろりと答えたからか、のぞみさんは意外そうに目を丸くした。私は続けて言った。

「たしかに責任は重かったと思います。けれど、その依頼人は、何も私にシリアスな旅をしてほしいと望まれたわけじゃありません。だから、その人の分まで、私、思いっきり楽しんじゃいました。楽しくない旅なんて、旅じゃないですから」

まあ、とのぞみさんはもう一度つぶやいた。今度は感嘆の声だった。色のなかった顔がほんのりと上気する。その雰囲気は、やはりどこかめぐみさんに似ていた。

「あの子、おかえりさんに、とんでもないお願いをしたりしていませんか。いくつになっても、子供じみたところがあるようなので」

十八年も会わないままで、のぞみさんの中では、めぐみさんは少女のままで時を止めているのかもしれない。私はそっと微笑んで、「そうですね。たしかに」と答えた。

「誰かに旅を頼んだ時点で、とんでもないことですから。でも、それを受けて、ここまでこうしてやってくる私のほうが、きっと、もっととんでもないですから」

のぞみさんは、ふふっと笑い声を漏らした。そのタイミングを逃さずに、私は、一歩踏みこんでみた。

「めぐみさんが『とんでもないお願い』を私にしてきた理由。それは、ほんとうはご自分でお姉さんに会いに帰りたい、でもそれが許されないからです」

のぞみさんの頬が、再びこわばった。目をそらさずに、私は続けた。

「ごめんなさい。私、旅の依頼を受けるにあたって、過去におふたりのあいだにあったこと、めぐみさんからうかがいました。のぞみさんが、どれほどめぐみさんを大切に育てたか。めぐみさんが家を出た理由も。……純也さんのことも」

のぞみさんの肩先が、ぴくりと震えた。何か言葉を探しているようだったが、やがて、つぶやくような声で問いかけた。

「あの子はまだ……あの人のことを、思っているんでしょうか」

私はうなずかなかった。のぞみさんは、小さくため息をついた。

「恨んでいるんでしょうね。あの子は、私のこと」

「そんなことありません」私はすぐに否定した。

「恨んでいたら、私にこの旅を依頼するはずがないですよ」

「じゃあ、何を？　あの子は、あなたに何を依頼したんですか？　独身のぎすぎすした銀行員のおばさんが、ひとりさびしく生きてる様子を見て笑ってこい、とでも？」

私は、返す言葉を失った。のぞみさんは、肩で息をつくと、「お帰りください」と、消え入りそうな声で言った。

「あの子が出ていった時点で、私たちはもう、きょうだいでもなんでもなくなったんです。いまさら、どういうつもりなのか……。第一、本人が帰ってくるならともかく、誰かを差し向けるなんて……しかも、芸能人を」

のぞみさんの言葉が、ちくりと胸に刺さった。

まったく、そのとおりだった。私は、心のどこかで楽観視していた。ひょっとしたら、のぞみさんは私のことをあのおかえりだと認識してくれて、心安く受け入れてくれるんじゃないか。ふたりの仲を取り持ってほしい、とめぐみさんに頼まれたわけじゃないけれど、ふたりのあいだにこびりついてしまったわだかまりを、この私なら取り除けるんじゃないか。「旅屋」である私の仕事は、めぐみさんに代わって旅を楽しむことだったはずなのに、そんなふうに、いい気になっていたのだ。

私は、うつむいた。もう、何も言えなかった。ごめんなさい、と心の中で、めぐみさんに詫びた。

馬鹿だ、私。自分が来ればどうにかなるんじゃないか、なんて思い上がって。

「わかりました。今日はこれで、失礼いたします。……突然お邪魔してしまって、申し訳ありませんでした」

立ち上がると、私はのぞみさんに向かって一礼した。

「でも、めぐみさんの名誉のために、ひとつだけ言わせてください。お姉さんが元気でいらっしゃるかどうか、それだけを知りたい。それが、妹さんのご依頼でした。おふたりの仲を取り持つことができたら、というのは、私の勝手な願いでした。ごめんなさい」

のぞみさんは、もとどおり、色のない顔をこわばらせたまま、黙りこくっていた。

狭い廊下を、私は玄関へと歩いていった。自分の非力さがせつなかった。旅することが何もかもを解決するわけじゃない。そんなあたりまえのことが、悲しくて仕方がなかった。

玄関先で、スニーカーを履く。左の甲にとまった赤いリボンを目にして、もう一度、ごめんなさい、と心で詫びる。

ごめんなさい、めぐみさん。この旅は、失敗に終わりそうです。

くるりと振り向くと、廊下に立っているのぞみさんに向かってむりやり微笑んだ。

「お目にかかれて、うれしかったです。ありがとうございました」

のぞみさんは、ていねいにお辞儀をした。頭を上げかけて、ふと、動きを止めた。

じっと、みつめている。私の……足下を。

……めぐみ。

かすかな、震える声がした。私は、息を詰めて、うなだれるのぞみさんをみつめた。

華奢（きゃしゃ）な体が、ゆっくりと、くずおれるようにその場にしゃがみこんだ。小枝のような両手の指が顔を覆う。のぞみさんは、泣いていた。声を殺して、こみ上げる涙を何度も何度も飲みこんで。

「のぞみさん……？」

おろおろとして、私はのぞみさんの震える肩に手をかけた。

「私が……私が……あの子と、あの人を引き裂いたんです。リボンで……赤いリボンで」

とぎれとぎれに、そう聞こえた。のぞみさんの肩を抱きかかえながら、私は、スニーカーのリボンに視線を落とした。

ふたりを、引き裂いた？　――いったい、どういうこと？

8

　さっきまで座っていた黄緑色のソファに逆戻りして、私はのぞみさんと向かい合った。のぞみさんは鼻の頭を真っ赤にしながら、「すみません」と詫びた。

「おかえりさん、お忙しいでしょうに……お引き止めしてしまって」

　私は首を横に振った。

「お姉さんに会うために、私、ここまで来たんです。ほかに用事なんてありませんから」

　のぞみさんはうなだれていたが、やがて顔を上げると、私に向かって訊いた。

「流行っているんですか？　赤いリボンをスニーカーにつけるのって」

「え？」と私はきょとんとしてから、さっき玄関で、私の足下をじっとみつめてのぞみさんが泣き出したことを思い出した。いたずら心で、左足のスニーカーの甲に結びつけた赤いリボン。それを見て、のぞみさんはめぐみさんの記憶を蘇（よみがえ）らせたのだった。めぐみさんと「自分が引き裂いた」純也さんの悲しいできごとを。

「世間一般の流行じゃないですけど、マイブームですね」

のぞみさんの涙を遠ざけたくて、努めて明るく私は言った。

「今日の昼間、大通公園に行ったんです。それで、その場所でめぐみさんが純也さんと出会ったきっかけになったっていう、『スニーカーにリボン』を真似してみたくなって。小樽でおみやげを買ったときについてたリボンを使って……何かいいこと、私にも起こらないかな、って」

「何かいいこと……」とまた、涙声になってのぞみさんが反芻する。

「いいことなんて、あるはずない。逆効果よ。赤いリボンは怨念のしるしだもの。私の怨念の……」

のぞみさんは再びうつむいてしまった。少しだけぞっとした。怨念、ときたか。穏やかじゃないな、こりゃ。

「そんなことない、きっとラッキーシンボルですよ。その証拠に……」

トートバッグの中を探って、名刺を一枚、取り出した。株式会社リュバン・ルージュ（赤いリボン）。めぐみさんの会社の名刺をテーブルの上に置くと、私は言った。

「ほらね。めぐみさん、ご自分の会社のシンボルマークに、赤いリボンを使ってるんですよ」

白い紙片の上にぽつんと咲いた赤いリボン。のぞみさんは、涙の浮かんだ目で、その一点をじっとみつめている。そして、言った。

「やっぱり……スニーカーに赤いリボンをつけたあの日に……あの子、あの人と出会ったのね」

どうやら、私が「スニーカーにつけたリボンが、大通公園でめぐみさんが純也さんと出会ったきっかけになった」と言わなかったら、のぞみさんは、妹がどうやって恋に落ちたのか知らないままだったらしい。ただ、「あの日」を境に、十七歳のめぐみさんが劇的に変わったことを、のぞみさんはよく覚えていた。

二十三年まえのあの日、出先から帰ってきたのぞみさんは、玄関先で妹のスニーカーの片っぽに赤いリボンがついているのをみつけた。そのときはなんとも思わなかったのだが、それ以来、妹の様子がおかしくなった。落ち着きがなく、そわそわして、学校から帰宅するのも遅い。何より変わったのは、はっとするほどきれいになったこと。

新しい服を買ったわけじゃない。急にお化粧をするようになったのでもない。ただ、光を抱いた繭のように、内側から輝いていた。それで、のぞみさんは気がついたのだ。

妹は、恋をしたのだと。

「それがスニーカーの赤いリボンとどう関係しているのかはわからなかった。けれど、あの日からずっと、リボンはめぐみのスニーカーにとまったままだったんです。あの子にとって、何か大切な意味があるのかな、と思っていました。訊いてみようかとも思ったんですけど……大人げない話ですが、なんだかくやしくて」

それにちょっとだけさびしくて、とのぞみさんは正直に付け加えた。いつまでも子供だと思っていた妹が、自分の知らないうちに恋をするなんて。めぐみさんのことを思い、恋愛や縁談に後ろ向きだったのぞみさんには、くやしくもあり、またさびしくもある変化だった。

あるとき、食卓にめぐみさんがいつも持ち歩いている手帳が置き忘れられていた。そのあいだにはさまれた写真がちらりとのぞいていた。いけない、と思いながらも、見てしまった。

羊ヶ丘展望台、クラーク博士の像の前で撮った記念写真。ひょろっと長身の男性と、まばゆいばかりの笑顔の妹が、ぴったりと寄り添ってたたずんでいる。めぐみさんのスニーカー、左側の甲には、あの赤いリボンが小さくとまって。

吸いこまれるように写真に見入っていたのぞみさんは、ふと、写真の裏面を見た。

青いボールペンで書かれていたのは——

Junya & Megumi　All We Need Is Love　（純也&めぐみ　愛こそはすべて）

「あのときの複雑な気持ち——なんて言ったらいいんでしょう、あの子が遠くへ行ってしまう気がして。私ひとり、取り残されたような……」

もしも自分があの子の母親だったら、好きな人がいるの、と打ち明けてくれたかもしれない。けれど、結局、あの子は何も教えてくれなかった——私に遠慮をして。

のぞみさんはそう思って、むしろ、ぽっかりとさびしかった。けれど、いつか自分から打ち明けてくれるだろう、その日まで何も言わずにおこう、と心に決めた。

そうして迎えたのは、最悪の結末だった。せっかくの北大合格を捨て、家も姉をも捨てて、めぐみさんは純也さんと行ってしまおうとしたのだ。姉に頬を打たれ、うなだれながら、めぐみさんは言ったのだった。——彼が待ってるの、行かなくちゃ——と。

どこで待ってるのよ、とのぞみさんに問い質され、めぐみさんは、澄んだ目で答えた。丘の上で。どこの丘よ、とさらに問いつめると、めぐみさんは激しく首を横に振り、もう何も言わなかった。涙があふれてどうしようもなかったのは、めぐみさんではなく、のぞみさんのほうだった。

「私があんまり泣いたからか、めぐみはもう出ていこうとはしませんでした。でも、私はこわかったんです。あの子の若さと、一途さが」

三日後の朝、のぞみさんは、こっそりとめぐみさんのスニーカーについていた赤いリボンをほどいて、手に握りしめたまま、勤務先ではなく、羊ヶ丘へバスで向かった。自分が何をしようとしているのかわからなかった。「彼が丘で待っている」と妹が言っていたのは三日まえ。それが、あの記念写真を撮った丘のことなのかどうかもわからない。仮にそうだったとしても、もう待っているはずなどない。そう思いながらも、足がどんどん勝手に動いた。そして――

「待っていたんですか」

私は訊かずにはいられなかった。のぞみさんは、小さくうなずいた。

「まるで氷河期からそこに立ってるみたいに……げっそりして、無精ひげを生やして。あの写真に写っていた人とは別人のようでした」

のぞみさんは、純也さんの目の前に無言で立った。純也さんの顔に、驚きが走った。手の中に握りしめていた赤いリボンを差し出すと、のぞみさんは言った。

――どんなに待っていても、妹は来ませんから。これ、あの子から預かってきました。……お返しします。

「賭け、だったんです。あのリボンがふたりにとってどういうものなのか、私は知らなかった。けれど、何か大切な意味があることは直感していたんです」

震える指先で、純也さんはリボンを受け取った。そのまま、ぎゅっと胸に抱いた。のぞみさんは、純也さんに背中を向けると、逃げるように走り去った。涙があふれて止まらなかった。まるで、自分自身が愛する人に背を向けて去っていくような気がした。

「めぐみが大学に入学してから、まさかもういないだろうと思って行ってみると、あの人はそこに座りこんでいたんです。そこがまるで自分の唯一の居場所みたいに、ぼさぼさの髪を風に吹かれて……遠い目をして。うわあ、あの馬鹿まだいる、と思って、余計にこわくなりました。このことは絶対にめぐみに知られてはいけない、って。でも……」

こわい以上に、ふたりがうらやましかった。そんなにも誰かのことを愛し、誰かに愛されているなんて。

のぞみさんは、消え入りそうな声で正直に言った。私は、黙ってのぞみさんの告白を受け止めた。

　めぐみさんを大切に思っていたからこそ、のぞみさんはふたりを引き離すことしか考えられなかったのだ。その気持ちの裏側には、何もかも捨ててもいいほどの恋愛を経験できなかったくやしさがあることを認めつつも。

　うなだれるのぞみさんの背後、額に入った「夢」の一文字を、私はじっとみつめていた。それから、のぞみさんに問いかけた。

「その『丘の上の馬鹿』が、いまもまだいるとしたら？」

　のぞみさんが顔を上げた。その瞳の奥にかすかな光がともるのを、私は見逃さなかった。


　夕暮れ間近の涼やかな風の中を、のぞみさんと私は並んで歩いていた。まぶしい西日に向かって、のぞみさんが日傘を開く。可憐なすずらんの刺繍がついた白い日傘だ。

　私たちの向かう場所はモエレ沼公園。その中にあるモエレ山――丘の上に、ひょっとすると純也さんがいるかもしれない。私の話を、のぞみさんはにわかには信じられない様子だった。

アメリカに渡り、成功と失敗の両方を経験して、ふるさとの小樽に帰ってきた純也さん。たったひとりで産み育てた息子を、やっぱりたったひとりで待っていたお母さんが純也さんに言った言葉——「人生で一番したいと思ってたのにいままでできなかったことをやりなさい」。

それは、あの日、やってこなかった愛する人を、もう一度気が済むまで待ち続けることなんじゃないだろうか。そんなふうに私には思われた。

だとすれば、ネットに投稿されていた動画に映っていたあの「丘の上の馬鹿（フール・オン・ザ・ヒル）」は、やはり純也さんに違いない。のぞみさんに話しながら、私の中にあった予感は次第に確信に変わっていった。

私が小樽と札幌へ旅することになった経緯、そして最終目的地がめぐみさんの実家の近所にある「丘」であること。その丘の上に座りこんでいる男性の動画を、偶然インターネットでめぐみさんが目にしたこと。そしてその男性が、動画の中で若者たちから暴行を受けてもなおその場を立ち去らずにいたこと。ひととおり話し終えると、

「そうだったんですか」と、のぞみさんは自分のつま先に目線を落とした。

「あの人はまだ、うちの近所の丘に座り続けていたんですね。あの子の依頼で、おかえりさんはあの人に会うためにここまで旅をされて……」

「いやいや、まだわかりませんよ」

そうであってはしい、と願いながらも、私はのぞみさんが勇み足になるのをなだめた。

「純也さんじゃないかもしれないし、もうその場所にはいないかもしれないし。よく考えてみると雲をつかむような話ですけど、私、お受けしてよかったと思います」

――もしも、帰るところがあるのだったら、どうかその場所へ、おかえりなさい。

丘の上の人物に万一会えたなら、その人が純也さんであろうとなかろうと、伝えてほしい。めぐみさんは、旅が始まるまえに、そう私に託したのだ。

「大切なメッセージを託され、純也さんのお母さんやのぞみさんに会いにくることができて……めぐみさんが生まれ育ったふるさとをこんなふうに旅することができて、よかったと思います」

長いこと帰れなかった私のふるさと、北海道。故郷の島と同じ風を感じて、同じ空気を吸って、同じ星座を夜空にみつけて、ただ、うれしかった。

言葉にはしなかったけれど、私の胸は、ふるさとを旅するきっかけを作ってくれためぐみさんへの感謝の気持ちでいっぱいだった。

「どうかその場所へ、おかえりなさい……」

めぐみさんの言葉を、のぞみさんは口の中で繰り返した。公園の入り口からモエレ山へと続く道の消失点をみつめながら、私は言った。

「この世のどこかで生まれたんだから、どんな人にも帰るべき場所、ふるさとはある。めぐみさんはそう言っていました」

「そうですか。あの子がそんなことを……」

日傘をさしたのぞみさんの影と私の影を、長く伸ばして西日がきらめいている。広々とした公園は、木々や芝生のいっぱいの緑ですがすがしい。私たちは、木々のあいだを丘に向かってどんどん歩いていった。

純也さんが憧れていたという彫刻家、イサム・ノグチは、まるで大地を彫刻するかのごとく、この公園のマスタープランをデザインした。丘を造って平坦な土地にリズムを作り、巨大な噴水や人工のビーチで人々を楽しませる。ノグチがデザインに関わってから完成までに十七年かかったという。実家の近くにできた世にもすばらしい公園を、めぐみさんはまだ一度も目にしていなかった。

「ああ、気持ちいい。めぐみさんにも見せたいなあ、ふるさとの、新しい風景」

歩きながら背伸びをして、思わずそう言った。

依頼人が来られないからこそ私が代理で旅をしているのだけれど、やっぱり、めぐみさんに見せたかった。そして感じてもらいたかった。ふるさとの風、心をどこまでも透明にしてくれるこの風を。

「ふるさとって、おかえりさんにとってなんですか？　生まれた場所のこと？」

何気なくのぞみさんが訊いた。私は、「うーん、そうですねえ」と、近づいてきたモエレ山のてっぺんに誰か座っていないか目を凝らしながら、

「『おかえり』って言ってくれる人がいるところ、かな」

そう答えてから、自分の言ったことに、自分でどきっとしてしまった。

そうだ。生まれた場所、実家のあるところ、それもふるさとに違いない。けれど、おかえり、のひと言を言ってくれる誰かが待っている場所。それこそが、ほんとうのふるさとと言えるんじゃないか。

だとしたら、私のふるさとは、礼文島だけじゃない。

私のふるさと、それは……。

ふと、のぞみさんが歩みを止めた。それに気づいて、二、三歩先で私も立ち止まり、振り返った。のぞみさんは、どこか遠くをじいっとみつめている。不思議そうな目で。どうしたんだろう、まさかＵＦＯでも飛んでるんじゃないよね。

「ああっ！」とひと声叫ぶと、のぞみさんはいきなり全速力で走り出した。

「……のぞみさんっ!?」

展開がよく読めないまま、のぞみさんの背中を追いかけて私も駆け出した。丘へと続くゆるやかな白い坂道を、びっくりするほどの速度でのぞみさんは駆けた。必死でそのあとを追う。いったい何が起こったの？

丘の中腹近くまで走って、あっと息をのんだ。数人の若者が、芝生の斜面で何か大きな塊を蹴ったり転がしたりして歓声を上げている。塊は——人間だった。

——あの人だ。丘の上の……！

そう気づいた瞬間、うわあ〜っ！　と雄叫びを上げて、若者たちに向かって突進したのはのぞみさんだった。私は絶句して、その場に固まってしまった。

「うわっ、なんだよっ!?　このおばさん!?」

「ひゃっ、あぶねっ……てめっ、やる気かよっ」

若者たちに向かってのぞみさんは日傘をぶんぶん振り回している。

「おかえりさんっ！　電話っ！　警察に、早くッ！」

金切り声が聞こえた。はいっ、と私は携帯を取り出した。とたんに、わあっ、やべっ、と若者たちは、丘の斜面を転がるようにして逃げ去ってしまった。

私は携帯を握りしめたまま、立ち尽くすのぞみさんのそばへ駆け寄った。のぞみさんは肩で息をしながら、芝生の上に力なくうずくまる男性を見下ろしている。私はしゃがみこんで、十に汚れたシャツの肩にそっと触れた。

「あの……大丈夫、ですか？」

男性は動かない。私は自分の荒い呼吸が収まるのを待った。そして、唐突であることをじゅうぶん承知の上、祈るような気持ちで、もう一度声をかけた。

「伝言を、預かってきました。……めぐみさんから」

ぴくり、と男性の痩せた肩先が揺れた。ゆっくりと、顔を上げる。私の足下、スニーカーの赤いリボンに目を留めた。そのまま、スイッチを切ったかのように、また動かなくなった。

思い切って、純也さん、と呼びかけようとしたそのとき。

「帰るところが、あるのでしょう？」

のぞみさんが、静かに声をかけた。

もう一度、男性の――純也さんの肩が、ぴくり、と動いた。

のぞみさんは、私の隣にしゃがみこむと、母のような、姉のような、包みこむようにあたたかな声で語りかけた。

「おかえりなさい、その場所へ。きっと、待っているはずですから」

あなたと同じように——同じ気持ちで。

あの子は、あなたを待っています。

純也さんは、ゆっくりと顔を上げた。

のぞみさんと純也さんの視線が、ぴたりと合った。頬のこけた薄汚れた顔に、みるみる驚きが広がる。震える瞳に涙があふれる。

純也さんの目から涙がこぼれるよりも早く、のぞみさんの頬を涙が伝って落ちた。

9

「ただいま帰りましたあ」

のんきな声であいさつしてから、社長室のドアを開けた。

とたんに、「馬っ鹿野郎！」と雷が落ちてきた。反射的にぎゅっと目をつぶって首を引っこめる。

「重役風」デスクの前に、鉄壁社長がものすごい形相で仁王立ちしている。四角いハゲ頭から湯気が上がるのが見えるみたいだ。

その両側には、狛犬（こまいぬ）よろしく、市川ディレクターとＡＤの奥村大助（だいすけ）君とが、ちんまりと鎮座している。

私は、「わっ、すみません！」と、とにかくあやまってから、

「ってなんで怒られてるんですかね、私？」

そう訊いた。

再び、「馬っ鹿野郎！」と最大級の雷鳴が轟く。

「ったくお前は、旅の最中、いっぺんも連絡よこさねえで……成果物もどうするかわかんねえからって、こうしていっちゃんや大助がスタンバってくれてたんだぞ。くそ忙しい中、なんとか時間を工面して、しかもノーギャラで」

「わっ、すみませんっ！」

私は、もう一度、市川さんと奥村君に向かって頭を下げた。が、社長の剣幕は収まりそうにない。

「お前はあれか、自分ひとりで旅してる気分になってるのか？　お前が旅するときはいつだって大勢のスタッフがサポートしてくれてただろうが。裏方の協力あってこそ好きな旅ができるってこと忘れたのか？　それでプロの旅人気取りか？　おれはそんなふうにお前を育てたつもりはねえぞ！」

「まあまあ、そのくらいでいいじゃないか鉄壁さん」

絶妙なタイミングで市川さんが止めに入った。ある程度言いたいことを言わせないと、うちの社長は決して落ち着かないことをよく知っているのだ。

「今回もややこしいミッションだったようだから、連絡入れるタイミングが難しかったんじゃないの。なあそうだろ、丘ちゃん？」

「そうですそうです、まったくもっておっしゃる通りです、はい」

あわてて私は答えた。実際、その通りだった。

旅の依頼人・めぐみさんと、旅で出会った（というか捜し出した）のぞみさんと、純也さんと、純也さんのお母さん。複雑な関係の成り立ちと、それぞれが過ごした十数年間に起こったできごと。すべての事情を把握しているのは私だけだった。

それぞれの人を、固く結びつけていたはずの赤いリボン。ちぎれかかっていたそのリボンを結び直したい、と思った。もちろん、めぐみさんの依頼から逸脱してしまうことはわかっていた。けれど、ここまで来たらもうあとへは引けない。

わずか二泊三日であまりにもいろいろなことがあり過ぎて、ひと言では説明できないほど複雑だったので、とてもじゃないがメールや電話で事務所に途中経過を報告することなどできない、と思った。幸い、社長からの連絡も入らなかった。決して行かないと公言していた故郷の北海道を旅している私に、余計な刺激を与えまいとしてくれたのだろう。心遣いがありがたかった。

「で、今回の成果物はどうすんの？　なんなら安藤順太（じゅんた）に即電して、デジフォトのカラー調整、指南してもらおうか？」

市川さんが訊いた。どことなくわくわくしている。おかしなもので、仕事以外のことにこそ妙にやる気を出してしまうのが、クリエイターの性（さが）なのだ。

「いや、それが、その……今回は、写真も映像もなしなんで……」

もじもじと答えると、

「ええ？」

社長と市川さんが声を合わせた。

「なんだお前、まさかデジカメ持ってかなかったんじゃねえだろうな？」

「いや、デジカメを持っていくにはいったんですが……初日の小樽の寿司とカニ汁の写真を撮った段階で、バッテリーが切れちゃって」

「はあ？」と、おじさんふたりは再度仲良くハモった。

「どっかでチャージしたんですよね？」冷静に奥村君が訊く。私は首を横に振った。

「充電器、忘れちゃって……」

「じゃあ携帯で撮ればよかったじゃねえか」

「いやあ、ひさしぶりの北海道に夢中になっちゃって……」

男三人、唖然としている。私は、いっそ開き直って言った。

「でもまあ、写真や映像の成果物が欲しいとは依頼人からひと言もなかったわけですから。もっといい成果物が、ほら、ここに。ねっ？」

私は、自分で自分を指差した。社長と市川さんは、急に目を凝らして私の顔を見た。

奥村君が「なんも書いてないんっすけど?」とまた、冷静におもしろいことを言う。

「やだなあ、もう。ここですよ、ここ」

そう言って、私は自分の頭を、つんつん、と人差し指でつついて見せた。

「その空っぽのおつむが、どうかしたか」

社長に言われて、本気でむっとした。

「空っぽじゃないですよ。ぎっしり詰まってるんです」

「何が?」社長が訊いた。冗談だろ、とでも言いたげに。

「旅で仕入れた物語が、ですよ。まるでおとぎ話のような、『めぐみ&純也　愛こそはすべて』」

すまして返すと、

「むかあ〜しむかし、札幌の町で、めぐみと純也が出会ったそうな……」

市川さんが語り出した。まんま常田富士男の声色で。

「ああ、それね。泣けるんだよなあ、『ごんぎつね』。……って『まんが日本昔ばなし』か!」

社長がツッコんで私のおでこをどついた。市川さんと奥村君は手を叩いて笑っている。私も、えへへへ、と笑ってしまった。

「しょうがねえなあ、うちの旅人は。プロ意識が足りねえっつーか、ビジネスマインドに欠けるっつーか」

言いながら、いちばん笑っていたのは社長だった。


北海道への「代理旅」から戻った翌日。朝から、あいにくの雨だった。

タクシーを降りて傘を広げると、私は頭上を見上げた。灰色の雨空に向かってぐんと伸びている高層タワー。この最上階に、めぐみさんが住んでいる。

「前回のときみたく、スカッと晴れた空の下で成果物お届けに上がりたかったなあ」

私のつぶやきをキャッチして、「まあ、しょうがないさ」と鉄壁社長が言う。

「今日をお届けの日にしちまったからにはな。しかし、天下の晴れ女、『太陽の娘』たるお前が登場なのに雨たぁ、そろそろ神通力も薄れてきたってわけか？」

「そんなことないですよ。旅のあいだじゅう、ずっと晴れだったもん」

「北海道は梅雨がないんだろ。そのせいだ、お前のおかげじゃねえぞ」

「いーえ、私のおかげですってば」

言い争いながら、コンシェルジュがいる受付を通って、二十八階までエレベーターで昇る。社長が、ふいにため息を漏らした。

「しかしまあ、うちの依頼人がたは、とんでもねえ金持ちばっかりだなあ。このご時世に、豪勢なこった」

「いいじゃないですか。めぐみさんは、それだけ苦労も努力もしたんだから」

私が言うと、「ま、そりゃそうだ」と得心顔になった。

悲しみを乗り越えて、苦労と努力を重ねて生きてきためぐみさん。そのめぐみさんに、最高の「旅の成果物」を届ける。その瞬間まで、私のミッションは完了しない。予定では、その瞬間は、いまから三十分以内にやってくるはずなのだ。

2801号室のドアの前でインターフォンを押そうとすると、カチャリと音がして、ドアが開いた。はにかんだような笑顔のめぐみさんが、ドアの向こうに現れた。

「いらっしゃい。お待ちしていました。さあ、どうぞ」

シンプルなベージュのワンピースに、リボンと真珠のネックレスをつけて、今日もとってもすてきだ。私のほうも、めぐみさんにいただいたネックレスをつけてきた。すぐさまそれをみつけて、「まあ、やっぱりお似合いね。とってもすてき」と、めぐみさんが微笑んだ。

東京湾を見渡す広い窓のあるリビングに通され、おお、と社長は声を上げた。

「すばらしい眺めですね。おお、レインボーブリッジが目の前だ。こいつはすげえな」

「晴れた日は『海ほたる』も見えるんですよ。今日はあいにくのお天気ですけど」

紅茶の入ったティーカップとクッキーの小皿をガラスのテーブルの上に並べながら、めぐみさんが歌うような声で言った。いただきます、とさっそく社長がクッキーをぽりぽり、紅茶をずずっと啜（すす）る。私もクッキーをぽりぽり、紅茶でごくりと流しこむ。めぐみさんは、社長と私の両方の顔を見比べている。ものすごくそわそわしながら。

「あの……それで、旅の……成果物のほうは？」

ひとしきり午後のお茶を堪能している私たちに向かって、もうがまんできない、という感じでめぐみさんが訊いた。

社長は、カップをソーサーにかちゃりと戻すと、ちらりと腕時計を見てから、落ち着き払って言った。

「それがですねえ。こいつがとんでもないポカをしでかしてですなあ」

私は、すみません、としおらしく肩を落として見せた。

「デジカメを持っていったんですが、小樽のお寿司屋さんでお寿司の写真を二、三枚撮ったところでバッテリーが切れちゃって……あ、でも、その写真はちゃんと持ってきました」

ごそごそとトートバッグを探ると、Ａ４サイズの紙にプリントアウトした巨大なウニの軍艦巻きの写真を「こんな感じで」と、めぐみさんに差し出した。めぐみさんは、目を点にしている。

「おいしそうでしょ？　ウニの軍艦巻き。んもう最っ高でした。あ、あとカニ汁の写真もありますよ。ほら」

「はあ……」と、めぐみさんは気の抜けた声を出した。

「持ってきたのはそれだけか？」社長が促す。

私は、「いえいえ、まだありますよ」とバッグの中をごそごそ。めぐみさんが、ぐぐっと乗り出してきた。

「えーと、あ。これは『六花亭』のチョコレートですね。このホワイトチョコがまた、超～おいしいんです。それから、これは……小樽のガラス工房で買ったペンダント。安物なんですけどね。よかったら、おみやげですんで。それから、っと……小樽文学館のパンフレット。なんと、小林多喜二って小樽育ちだそうです。まさか『蟹工船』のルーツを見ちゃうとは思いませんでしたねえ」

「っ……あの……さ……札幌のほうは？」

めぐみさんは、またもやがまんできない、という感じで訊いた。私はちらりと社長を見た。社長はまた腕時計を見て、続けろ、と目で合図を送ってきた。私は苦笑いをして、「もちろん、すばらしかったです」と答えた。

「大通公園、花がいっぱい咲いてましたよ。きれいだったなあ。それに、ジンギスカンとスープカリー。これがもう、めまいがするほどおいしくって。ほんと、カメラのバッテリーがなくならなかったら、全部写真に撮れたんですけど、残念ながら……」

めぐみさんの顔から、みるみる生気が失せていく。うわっ、やばい。これ以上下手な演技続けたら、まじで魂抜けちゃうよ。どうしよう、早く、早く来てっ。

ピンポ〜ン。

上品なチャイムの音がした。キタッ！　と社長と私は目を合わせた。

「ちょっと失礼します」と、めぐみさんは席を立って、インターフォンに出た。

「はい？……澄川さん？　どういったご用件でしょうか？」

「あっ、その人、うちの事務員……じゃなくて副社長ですっ」

あわてて立ち上がって、私は言った。社長も立ち上がると、いっそう落ち着き払って言い添えた。

「実は、今回の旅の成果物……澄川が持って参りました。ご一緒に、迎えに出ましょう」

めぐみさんはきょとんとしている。私はにっこり笑って、「さあ」と促した。

もう一度、ピンポ～ン、とチャイムが鳴った。私たちは、三人揃って、広々とした玄関へ出ていった。

カチャリ、とめぐみさんがドアを開けると、

「どうもぉ～っ」

のんのさんの弁天様のような顔がひょこっとのぞいた。

めぐみさんはぎょっとしている。私も一緒にぎょっとした。だってのんのさん、いつもより一・五倍は濃いメイクなんだもん。

「遅くなりまして、ごめんあそばせ。まあ、ご立派なお住まいですのねえ。これって、いわゆる億ションってやつかしら？」

のんのさんは露骨にきょろきょろと玄関周りを眺め回している。めぐみさんは、ぐぐっと体を後ろへそらして、私にこっそり囁いた。

「あの……これが成果物、なんでしょうか？」

「ちょっとぉ。丸聞こえですわよ」

のんのさんがじろりと視線を飛ばす。めぐみさんと私は、同時に頬をこわばらせた。

「で、成果物はどこだ？」

にやりと笑って、社長が尋ねる。のんのさんは、コホン、とわざとらしく咳払いすると、

「ええ、こちらに。……どうぞ、お入りになって」

背後で閉まったドアをもう一度開けて、廊下に向かって声をかけた。

社長と私は、同時にぐっと息を止めた。のんのさんの後ろから現れたのは……。

「……え……」

ため息のような声が、ひとかけら、めぐみさんの唇からこぼれ落ちた。

めぐみさんの目の前に立った人。

二十二年の時を超えて、いま、現れたのは——純也さんだった。

ふたりはしばらく、言葉をなくしてみつめ合ったままだった。

めぐみさんの体が小刻みに震えている。純也さんの唇が、かすかに、め、ぐ、み、……と動いた。そして、静かに両腕を広げた。

まるで磁石に吸い寄せられるようにして、めぐみさんは、その腕の中にしっかりといだかれた。

「やってくれたわね、えりかちゃん」

のんのさんが目をうるませて、固く抱き合うふたりをみつめながら囁いた。

「まさか、依頼人がいちばん欲しかったものを旅先からお持ち帰りするとはね。たいしたもんだわ」

「人聞き悪いなあ、お持ち帰りだなんて」

私は、指先で目頭を押さえながら反論した。

「純也さんが、自分から帰るべきところへ帰ってきたんです。私は、ほんのちょっと、そのお手伝いをしただけ」

いつも、待っていた。いつまでも、待つつもりだった。

いつの日か、愛する人がやってくるのを。

モエレ沼の丘の上で会った純也さんは、私とのぞみさんにそう打ち明けた。

愛する人を待ち続けること――それが人生でたったひとつ、やり残した「一番やりたかったこと」なのだと。

仕事も財産も失って、自分に残されたたったひとつのことは――ただただ、待つことだけだった。

丘の上で、ひたすらに、邪魔されようと、転がされようと――なんと呼ばれようと、馬鹿だ愚人だと蔑まれようとも、血の失せた彫刻、ひたすらに待つ「塊」になって。

それは違います、と私は言いたかった。

あなたは「塊」なんかじゃない。愚人でもない。愛情深く、高い志を持った賢人だったはず。

そして、あなたにはまだ、あたたかい心がある。お母さんやめぐみさんを思い、愛する、強い気持ちがある。だから、ただ待ってちゃいけないんです。

私はそう言って、純也さんを励ましたかった。実際は、胸がいっぱいになってしまって、どんな言葉も出てこなかった。

けれど、私の代わりに、純也さんを励ましたのは――のぞみさんだった。

――それは違う。待っているのはあなたじゃなくて、あの子のほうよ。何年も何年も、ひとりで、さびしさに耐えて、ひたすらに待っていたのはあの子なのよ。

さあ、立って。あの子に会いにいってやってください。あなたが帰るべき場所は、きっとあの子がいるところなのだから。

あの子のところへ、どうか――おかえりなさい。

「ああ、私ったら、みっともない。こんなに泣いちゃって……ごめんなさい」

純也さんの腕の中でひとしきり泣いたあと、涙をぬぐって、めぐみさんが振り向いた。社長とのんのさんと私は、あわてて目やら鼻やらをこすると、にっこりと笑顔を作った。

「おかえりさん、ありがとうございます。……こんな成果物、夢にも思っていませんでした」

私は、ゆっくりと首を横に振った。そして、言った。

「成果物、実はもうひとつあるんです。ねえ、純也さん？」

純也さんはうなずいた。そして、足下に落としたボストンバッグから、筒状に丸めた紙を取り出した。

「これを、君に。……お姉さんから」

めぐみさんの目に、さっき純也さんをみつけた瞬間と同じくらい強い驚きが走った。

めぐみさんは、純也さんから、丸めた紙を受け取った。赤いリボンが結ばれた紙を。震える指先で、リボンをほどく。はらりとほどけた紙には、大きく一文字、書いてあった。

夢。

「丘珠小　六年二組　古澤めぐみ」と左横にていねいに書かれた名前の隣に、その字によく似た生真面目な文字が、万年筆で書きこまれてある。それを目で追ううちに、止まったはずの涙が、再びいっぱいにめぐみさんの瞳にあふれた。

いいかげん、帰ってらっしゃい。待ってるから。お姉ちゃんより
めぐみさんは両手で顔を覆った。赤いリボンがはらりと足下に落ちた。指のあいだからぽたぽたと涙がこぼれる。その肩を、純也さんがもう一度しっかりと抱きしめた。

まぼろしだと思う。けれど、私には見える気がした。

ふたりをしっかりと結びつける赤いリボン。ふるさとでふたりを待つ、ふたりを愛する人たちにつながっている、かぼそく強い赤いリボンが。

「いやあ、今回はすっかりあてられちまったなあ。人を愛するってのは、やっぱり偉大なことだ」

めぐみさんのお宅からの帰り道、タクシーに乗りこんで、開口いちばん、社長が言った。

「あら、めずらしくおセンチなこと言うのね。最後に『愛は勝つ』ってやつかしら？」

のんのさんが古いJ－POPの名曲のタイトルを持ち出すと、

「ばーか。『愛こそはすべて』だ」

社長は十八番のザ・ビートルズのタイトルで対抗してみせた。

「で、どうだったんだ、えりか？　お前の、今回の旅の感想は？」

「うーん、そうですねえ。やっぱり、ビートルズですかねえ……」

社長がわざとらしく、はあっと息をつく。

「じゃなくてだな。あんなに行かないって意地張ってたふるさとを旅したわけだろ。どうだったんだよ、そこんとこ」

私は、ふむ、と首を傾げて見せた。

「そうですね。ひとつ、教えられました」

「教えられた？　何をだよ」

「ふるさとっていうのは……なんていうか、生まれ育った場所のことだけを言うんじゃないってこと」

「それ、どういうこと？」

助手席に乗っているのんのさんが、振り向いて訊いた。私は、「うん。そうですね」と、自分に言い聞かせるように答えた。

「『おかえり』って言ってくれる人がいるところ」

社長とのんのさんは、それぞれにそっぽを向いて、黙りこくってしまった。キメ過ぎたかな、と私は肩をすくめた。

「あら。あらあら、ちょっと」

のんのさんが急にはしゃいだ声を出した。

「虹。虹が出てるわよ、ほら」

「え？　どこだどこだ」と、身を乗り出したのは鉄壁社長。私は、大急ぎで窓を開けた。

いつのまにか雨の上がった空。茜雲（あかねぐも）がたなびく彼方（かなた）に、大きな虹がかかっている。

わあ、と私は歓声を上げた。

「ちょっとでき過ぎじゃないの、このオチは」のんのさんが笑いながら言った。

「こりゃあ、幸先（さいさき）いいぞ」社長は本気で喜んでいる。

「いやほんと、こんな大きな虹、見たことないですね」と、思わず割って入ったのは運転手さん。そうだろそうだろ、おれたちついてるんだよ、と社長がグローブのような両手でばんばんと運転手さんの両肩を叩く。あわわ、やめてください、安全運転できなくなりますっ、と運転手さんが本気で焦る。のんのさんと私は、声を合わせて笑った。

夕方の湿った風、少し生温い空気は、故郷とは似ても似つかない。けれど、この場所こそが私のふるさとなのかもな、と思う。

鉄壁社長とのんのさん、いつも旅から帰ってくる私をあたたかく迎えてくれる、ふたりの隣のこの位置が。

もしもし、母さん？　私。

うん、そうだよ。また旅をしてきたよ。

このまえ、行ったところはね。……ごめん、企業秘密で言えないけど。

なんだか、泣けるほどなつかしい空の色。なつかしい風が吹くところ。

またいつか、行きたいな。帰ってきたいな。そんなふうに感じる場所だった。

この気持ちを胸に、これからも旅を続けるつもり。

みんな元気でね。私も元気でいるから。

いつもいつも、みんなのことを思っているから。
じゃあ、またね。いってきます。

フーテンのマハSP（スペシャル）

旅すれば 乳濃いし

いつも旅をしている。

気がつけば、自宅がある町ではないところを歩いている。ひとりのときもあるし、気の合う仲間と連れ立っているときもある。最近は、取材がてら編集者とともにうろちょろしていることも多い。いずれにしても、今日もまた、旅をしている。

いつしか、自称「フーテンのマハ」。

編集者からのメールの枕詞は「今日はどちらにいらっしゃいますか」。母などは、私がいつも自宅にいないことをすでにあきらめており、「あんたはフーテンだからね……」と、いくつになってもいっこうに落ち着かないムスメなのだと自分に言い聞かせるように、ときどきつぶやいている。定着してみると「フーテン」と名乗るのは、ある意味、私を自由気ままにさせてくれているようにも思う。

旅の目的はさまざまだ。たとえば、美術館のある街へ行く、というのは、キュレーター時代の名残なのだが、私にとって、アートは「友だち」であり、美術館は「友だ

ち の家」。だから、世界中どこへ行っても、その街に美術館があれば、さびしいことはない。「元気？」と友だちに会いにいく感覚で、ふらりと訪ねられる。アートという人生の友をもつことができて、ほんとうによかったとつくづく思う。

また、別の目的として、筆頭に挙げられるのは、グルメ。やっぱり、おいしいものは人を駆り立てる。おいしいものがあるところへは、何はさておき出かけていきたくなる。それが人情というものである。

さて、「小説すばる」（二〇一四年九月号）北海道特集で、北海道を旅して紀行文（つまりこれ）を書くことになった。「北海道に行くということで、テーマはご自由に設定していただいて結構です」という、ありがたくもうれしいもの。私は、過去に何度も北海道を旅して、北海道各地を舞台に小説も書いてきた。それどころか、人生においで次に進むべき道を模索して悩んでいたとき、悩んで悩んで悩み抜いて、誰かに「どうしたらいい？」と訊いてみたくて、真冬の釧路・鶴居（つるい）村までひとり旅して、雪原で舞い踊るタンチョウヅルに向かって「このまま進んでもいいかな？」と問いかけたところ、クアー！　とリアルな鶴のひと声を得、よしじゃあ進んでいこうと決意し、結局作家になった——という運命の土地なのである（以上、事実）。

見どころも多いし、食べものもおいしい。人生の進路はもう鶴のひと声で決まったあとだし、今度行くならやっぱりアートかグルメを堪能したいものだ、ということで、担当編集女子のK原さんに行き先をお任せした。しばらくして、いくつかのテーマと候補が挙がってきた。その中で目を引いたのが「乳製品の旅」であった。

なんのことはない、北海道が誇る乳製品の数々を食べ歩く——というだけの旅である。いや、しかし、ちょっと待て。いまだかつて「乳製品」が旅の目的になったことがあっただろうか。シルクロードの旅ってのはあったが、ミルキーロードの旅ってのは前代未聞だ。国別対抗で「フレンチ」「イタリアン」「中華」グルメの旅とか、「そば打ち&試食」とか「ラーメン食べくらべ」とか「獲れとれ海鮮づくし」とか「かにカニエクスプレス」とかならばアリだ。が、しかし……乳製品を追い求めてさすらう旅とは、なんとも新鮮で奥が深そうじゃないか。

しかも北海道。日本が誇る乳製品王国である。

さらに私はとてつもなく乳製品が好きだ。どのくらい好きかというと、鍋の中では豆乳鍋がダントツで好きなほどだ。って豆乳は乳製品じゃなかった。ま、とにかく。できるだけ濃い、乳の旅をしてみたい。

ということで、行き先は札幌と帯広に決定。乳を求めて三千里、北海道へと私たちは飛んだ。

乳の陣1stラウンド、札幌に到着。

K原さん情報によると、何やら一生分の乳製品のスイーツを食べられるスポットが札幌駅にほど近い場所にあるらしい。その名を「大通ビッセ」という。

「一生分て、何をおおげさな……」とツッコむ気満々でやってきたオフィスビル一階のそのスポットには、北海道を代表する乳製品メーカーや菓子店がずらりと並んでいる。平日の正午、ランチ代わりに乳製品を食べて食べて食べまくる気満々の札幌マダムたちが優雅に群れている。いや、いちおうピザとかしょっぱい系もあるので、何も甘あまな乳ランチというわけではないのだろうけど。

が、私とK原さんには、これから三日間「乳攻め」というミッションが課せられている。乳を攻めて攻めて攻めまくるのだ。ゆえにここでは甘あま乳ランチを甘受しようではないか。

ということで、私たちのテーブルに運ばれてきた、北海道乳界を代表する乳製品の数々。

エントリー#1　オムパフェ（オムレット生地のケーキ）と極上牛乳ソフト　洋菓

子きのとや

エントリー#2　飲むヨーグルト　Bocca

エントリー#3　プレーンドーナツといちごのヨーグルトレアチーズ　町村農場

エントリー#4　クリームぜんざい　小樽あまとう

ってこれぜんぶいっぺんに食べるんかいな!?　と、いきなり戦々恐々としてしまうレベルの乳てんこ盛りである。

実は私、ここのところ年齢のせいかすっかり胃が小さくなり、脂肪分の多いものをいっぺんに食べるとたちまち具合が悪くなってしまうという弱点を抱えていた。だったら乳の旅なんかするな、という話なのだが、それは置いといて。

一気に食べると確実にヤラれてしまう。そこで私たちは戦略を練った。とにかく私がひと口食べ、残りは二十代で食欲旺盛なのに超スリムでうらやましいK原さんが食べる——という二段構えでいこうじゃないか。って戦略というほどのこともないんですが。

で、まずはひと口ずつ、ぱくんといってみる。して、その感想は——。

——濃い。

と、そのひと言に尽きる。

が、濃いは、深い。濃いは、薄くない。つまり、濃いはうまいのだ。どのスイーツも、濃く、うまかった。はずれがなかった。ひとつくらいはずれがあってもよさそうなものだが、驚くべきことにまったくはずれがなかった。それが事実であるのは、K原さんが全スイーツを完食したことを見ても明らかであろう。ってどんだけ強靭(きょうじん)な胃の持ち主なんだ、K原さん。

さて次なる札幌・乳の陣は、「雪印メグミルク工場」である。子供の頃からお世話になっている、あの牛乳やあのバターを作り出している乳製品の実家とも呼べる場所である。

ここでは二〇〇㎖の牛乳七十万個を日産する工場施設の一部を見学できるのと、いかにしてバターやチーズなどの乳製品が作られるのか、その歴史とプロセスを体系的にかつわかりやすく知ることができる博物館的施設「酪農と乳(にゅう)の歴史館」がある。さらにはここで作られた製品を試食できるうえに、歴史館の館長はとても親切で、ガイド嬢は制服姿がとてもかわいい。すべてひっくるめて、わざわざ行く価値がある、すぐれた乳スポットだ。

歴史館も工場も興味深かったが、もっとも「え！」と目を見張ったのは、工場内に神社があったことである。その名も「勝源神社」。北海道民以外の読者には、新種のカツ丼を祀っているのかと誤解されそうだが、いやいやここは雪印メグミルク工場、乳製品以外は作りません、まさかカツ丼なんて……そう、「カツゲン」とは、北海道民のソウル・ドリンク（館長談）。五十年以上もまえからここで作られている乳酸菌飲料の名前なのだ。その由来は定かではないが、おそらく「活力の源」からきているのではないか（館長談）。

それを神社に祀っているとは、なんかもう、ものっすごく、飲んだら元気になりそうな気がする。滞在中にコンビニで買って飲もうと決意しつつ、乳の実家を後にした。

乳の陣、場所を帯広に移そう。

札幌から特急スーパーおおぞらで約二時間半、帯広に到着した。北海道随一の酪農王国である。

実は私、帯広は四度目である。かなりのリピーターである。なぜかといえば、帯広には、かの「六花亭」が存在しているからである。

六花亭といえば、ご存じの方も多いだろうが、あの銘菓「マルセイバターサンド」を生み出した、北海道を代表する菓子メーカーである。ほかにも、フリーズドライイチゴをチョコレートでコーティングした「ストロベリーチョコ」や、ちょっとビターなココアビスケットでホワイトチョコをはさんだ「雪やこんこ」など、印象的な製品が多い。夏には季節限定、六花亭の農園で収穫した生ブルーベリーにホワイトチョコをコーティングした「大地の滴（しずく）」という超レアなスイーツも登場する。これがまたフレッシュで、あまずっぱくて感動的な、乳meetsフルーツの傑作である。同社の商品の最大の特徴は、一度食べたら忘れられない、というユニークさ。すばらしいアートワークに遭遇したときの感じにちょっと似ている。いや、ほんとに、おおげさでなく。

かつ、注目すべきは製品のグラフィックである。ふきのとうの絵が描かれているホワイトチョコの包み紙は、シンプルだけれどとても美しい。そして、やはり一度見たら忘れられない個性を持っている。私は、岡山に住んでいた中学生の頃、バレンタインデー直前にこのホワイトチョコを岡山市内のどこかでみつけて、お小遣いで購入、当時大ファンだった「詩とメルヘン」（やなせたかし先生編集の伝説の詩画マガジン）の常連イラストレーターだったとある先生に、編集部気付で贈った――という、気恥ずかしくも忘れがたい思い出がある。ちなみにこの先生からはイラスト入りのはがきで返信をいただき、狂喜乱舞した。そんなこともあって、ホワイトチョコのグラフィックは私の記憶にしっかりと刷り込まれているのだが、それ以外の商品のデザインも、素朴な中にアーティスティックな要素がさりげなく盛り込まれ、どれも手に取りたい衝動にかられるものばかりだ。

私は、もうこのさいだからはっきり書いてしまうが、この六花亭が好きなのである。好きで好きでたまらないのである。どのくらい好きかと言えば、あまたある六花亭の商品のすべてを試してみたいという野望のもとに現時点で七割くらい達成している、というほどである。

そんなわけで乳の陣・決勝ラウンドは、迷わず六花亭にお邪魔した。もちろん乳を味わうという本来の旅の目的はあったが、私を中学時代から魅了してきた商品の秘密に迫りた

い、という本音があった。

帯広駅にほど近い立地にある六花亭の本店は、大変瀟洒な佇まいで、一階が店舗、二階がサロン(喫茶室)になっており、喫茶室内にもアートが展示されている。商品構成も含めて、全体が絶妙にセンスよく、いったいこのセンスのすばらしさはどこからくるのかと、過去に三度訪れて、不思議に思っていた。

六花亭はまた、「六花の森」と「中札内美術村」という、アート施設が点在する「アートガーデン」を運営している。派手な宣伝をいっさいしていないので、ひょっとするとあまり知られていないかもしれないのだが、私は三年まえに帯広を二度目に訪問したとき、この美術村にいたく感激した。広大な森の中に、移築した歴史的建造物(そのうちのひとつは帯広市内にあった築八十年を超える銭湯である)が点在していて、それらは美術館や展示室やレストランになっている。訪問者は、森を散策しながら、各施設を訪ねる——という演出が、なんとも心憎い。もちろん、最後に訪ねるレストランでは、存分に六花亭の製品——濃い乳系スイーツを含む——を堪能できる。

乳がうまいばかりでなく、このようにしゃれていて、しかもアートに深い関心を寄せ、かつそれが押し付けがましくない六花亭とは、いったいどういう企業なのか?という謎を解く鍵を握っていたのは、社長(当時)の小田豊さんであった。

六花亭は一九三三年創業、小田さんは二代目社長である。マルセイバターサンドは、父上である初代の発案で作られたそうだが、小田さんは六花亭の商品を発展的に増やし、グラフィックにも店舗作りにもこだわってきた。さらにはアーティストを支援し、また市民のためにアート施設を開設したいと、「アートガーデン」を設立した。建造物の移築などということをやってのけたのも、小田さんのアイデアである。「僕はアートはわからないけど、建築が好きなので……」とおっしゃっていたが、なんのなんの、すばらしい文化パトロンであり、卓越したセンスの持ち主なのである。

小田さんのすぐれたセンスの源流は、どこにあるのでしょうか？　という私の直球の質問に、小田さんはひと言で答えてくださった。

「茶道をやっています」

とてもシンプルで、かつ納得のいくものだった。そう、六花亭のすばらしいところは、すべて「引き算」であること。あれもこれもと重ねたくなるディスプレイやグラフィックを、無駄を排除してシンプルに際立たせる。その美学を徹底しているのだ。そうであったか、とこれにはうならされた。利休の茶室に招かれた秀吉もかくあっただろうと。っておおげさですみません。

濃い乳を求めて濃茶にいきついてしまった。もちろん、六花亭のサロンでいただいた季節限定の「六花氷」の美味は、筆舌に尽くしがたかった。練乳と牛乳を凍らせた、さくさくのかき氷。果肉たっぷりのイチゴソース。まさしく乳の旅のハイライトにふさわしい逸品であった。

ところで、乳製品は甘いものばかりではない。しょっぱい系乳――つまり、チーズがある。そこのところを忘れてもらっちゃ困る。実は私は無類のチーズ好きで、かつてパリに長期滞在したときは、毎日毎日、朝昼晩、チーズを食べ続けた。臭いのつよいチーズにハマり、パリから帰国するとき、「世界一臭いチーズ」として有名なエピキュアチーズをスーツケースに詰めて、一緒に詰めた服に香り……じゃなくて臭みが移り、しばらく難儀した――というくらい、チーズ好きなのである。

帯広の旅の最後に、「さらべつチーズ工房」を訪ねた。できたてのチーズを使った絶品ピザを食せるレストランもある工房で、工房を運営する野矢さんに、きーんと冷えたチーズ貯蔵庫をご案内いただいた。なんでも野矢さんは、もともと酪農家だったのだが、あるときダイコン農家に転身した。ところが農家になったあと、通りすがりの美牛を見かけて「元カノに会っちゃった気分」になり、思いを断ち切れずにチーズ作りを始めたという。いやあ、これぞ乳ロマン。野矢さんの作り出すチーズは、かすかに甘く、すっぱく、ピリリと舌を刺激する、まさに恋の妙味がちりばめられた絶品なのだった。

そして、最後の最後に「カツゲン」。忘れずに飲みました。ほんのり甘酸っぱい乳酸菌が生きた味。やはり濃い乳、うまい乳であった。

おかえりの島

〜旅屋おかえり〜

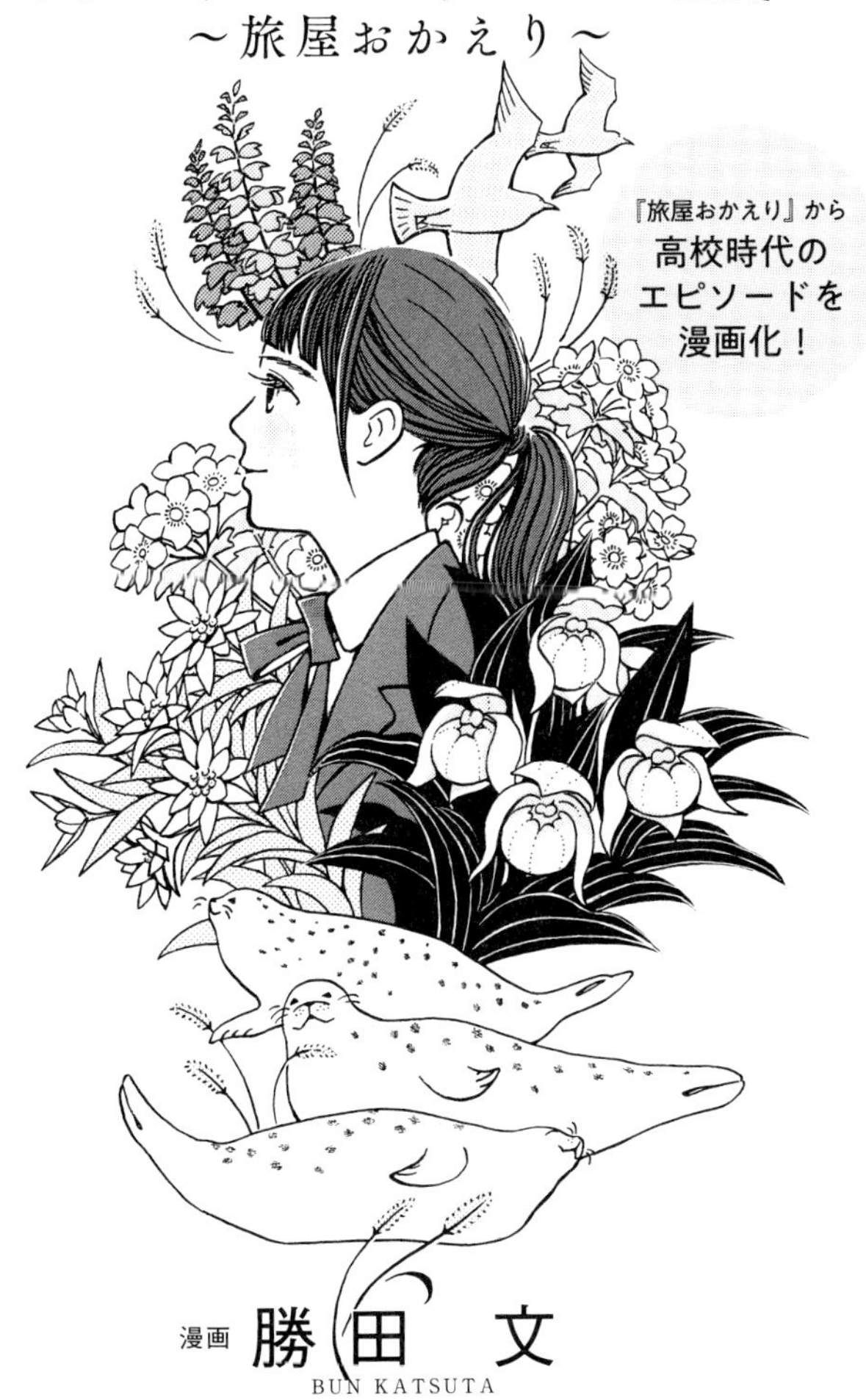

『旅屋おかえり』から
高校時代の
エピソード
を漫画化！

漫画 勝田 文

BUN KATSUTA

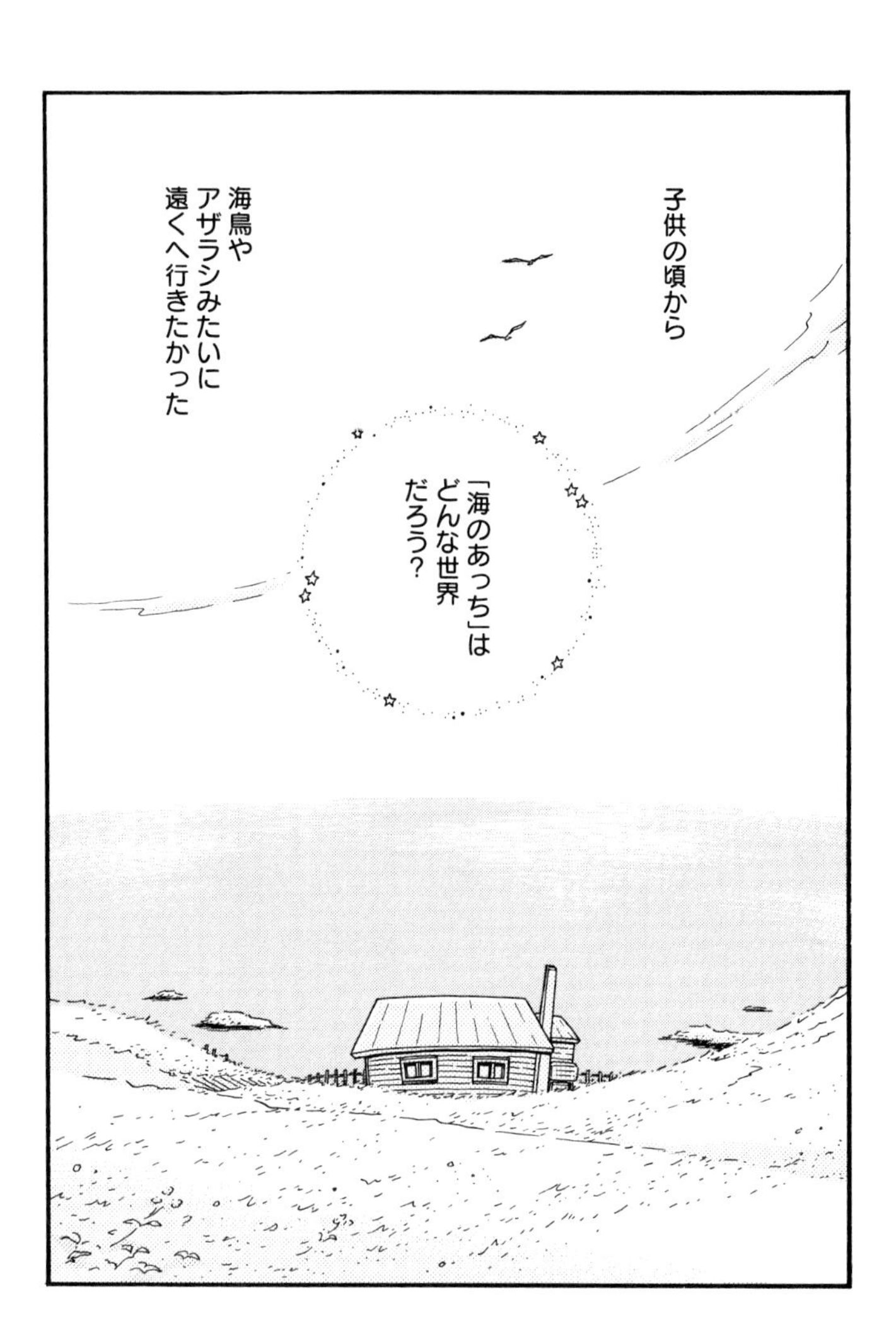
子供の頃から
「海のあっち」はどんな世界だろう？
海鳥やアザラシみたいに遠くへ行きたかった

ザーン…
ザ
ザーン…
父さん
おかえりー
ねぇ
父さん
父さんは
漁師だから
海のあっちへ
行ったこと
あっぺ?
それがなぁ
…
海は
とんでもなく
広くて
いまだにあっちに
行きつかねぇんだ

だから
父さんは
あきらめたっぺよ
みんながいる
こっちの方が
いいからさ
ごはんだべ〜
でもな
恵理子(えりこ)
おまえは
いつか
海を
越えていく
その日が
いつか
きっと来る

いつか――
恵理子ー

私は
島内唯一の
高校に進学し
ごく普通の
女子高生になった
おはよー
セブンティーン
最新号♡
あー
原宿特集
だぁ
そして二年の秋
修学旅行の行き先は
東京!

いよいよ「海のあっち」へ…！
東京なんてはじめてだべ
みんなそうさー
こっからじゃほとんど外国
ねぇ…島メッセンジャーは誰になるべか
修学旅行には都心部の高校生との交流会があり
「島メッセンジャー」として代表者がひとり島のプレゼンテーションを行うのだ
ねぇ…ウワサだけどさ…

島メッセンジャーになった女子は
東京の男子に一目惚れされて
文通して
そのまま結婚って…
ぎゃははははは
恵理子そんなの信じてんの
ウ
ウワサだって
ちら
ぽー
あーあ私も東京のカッコいい男子と…
けど恵理子適任だべ？
めんこいからなぁ～

ええ〜
おー
岡林恵理子いるべか？
否定しないべ
あ
先生…
……えッ…
恵理子が
島メッセンジャーに!?
えー

そうさ！
私に
やってほしいって
先生が！
アイドル
キャラバン
グランプリ
オメデトウ

キャー
キャー
恵理子は
島いちばん
めんこいから
なぁ
またまた
おばあちゃん
たら
まぁ
東京の娘には
負けねえべ
……
ハハハ
…姉ちゃん
そのまま
東京から
帰ってこない
なんてこと
ないべな
帰ってくるさ

ここが
姉ちゃんの
帰る場所だもの
…この島は
みんなの
ふるさとだべ
礼文は
小さな島
だけど
東京の人たちが
来たら
言ってあげたいよ
「ようこそ
おかえり」
って
はじめて
来た人に
「おかえり」?
フフフ…

島の
いいところを
しっかり伝えて
くるんだべ

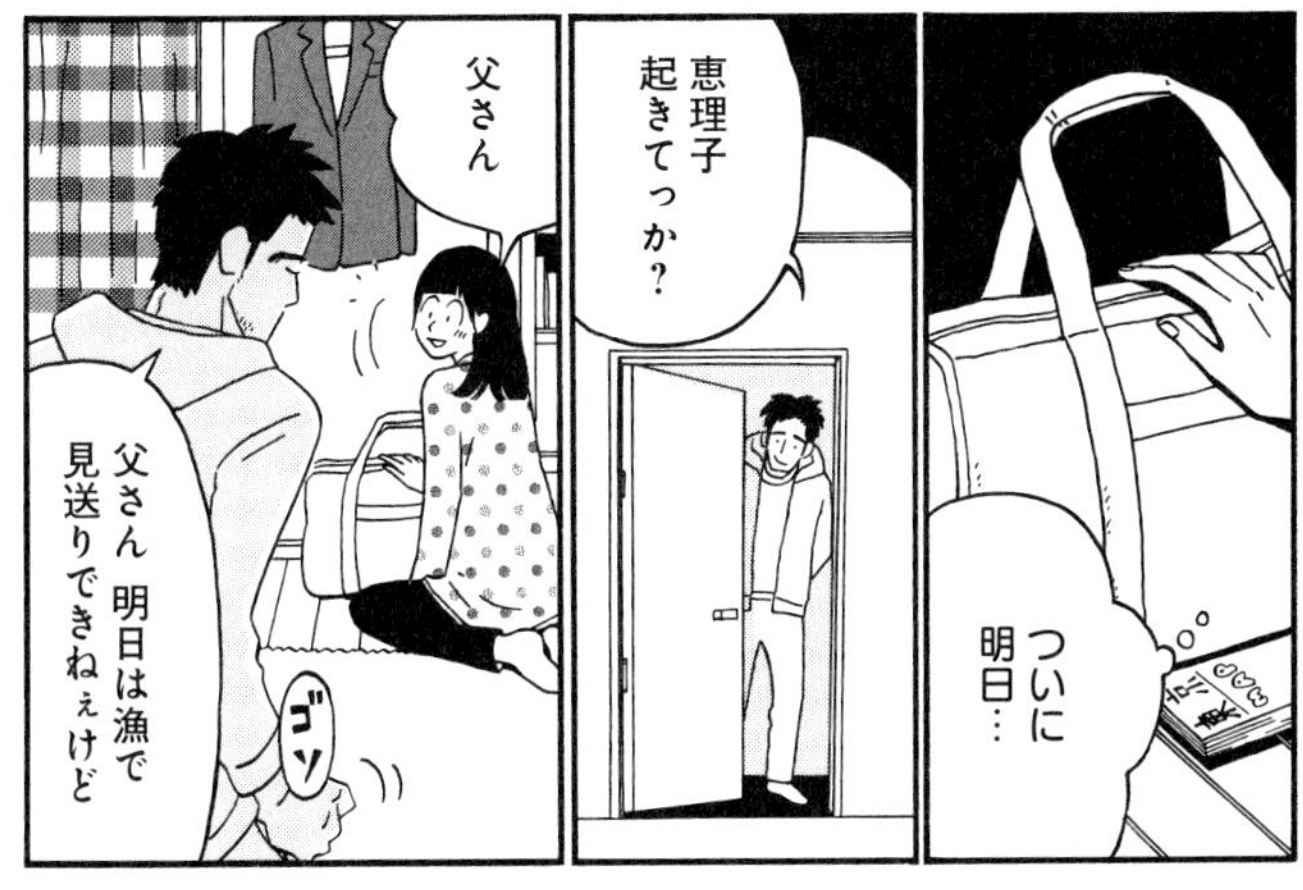
ついに
明日…
恵理子
起きてっか？
父さん
父さん 明日は漁で
見送りできねぇけど
ゴソ

ぽん
これで
うまいもんでも
食べろ
はやく
寝ろよ
ありがとう
父さん！
行って
くるべ！

東京だー!!
雷門

……
ガヤガヤ
ヒャー
キャー
ガヤガヤ
ねぇ
ねぇ
えっ
ビクッ
かわいいね 君
修学旅行？

どこから来たの？
えっあの…
ねぇ芸能人にならない？
スタイルいいねモデルになれるよ
10分でいいからお茶しようよ

恵理子ほんとに東京で彼氏できるべ
芸能界デビューだべさ！
どうしよう…

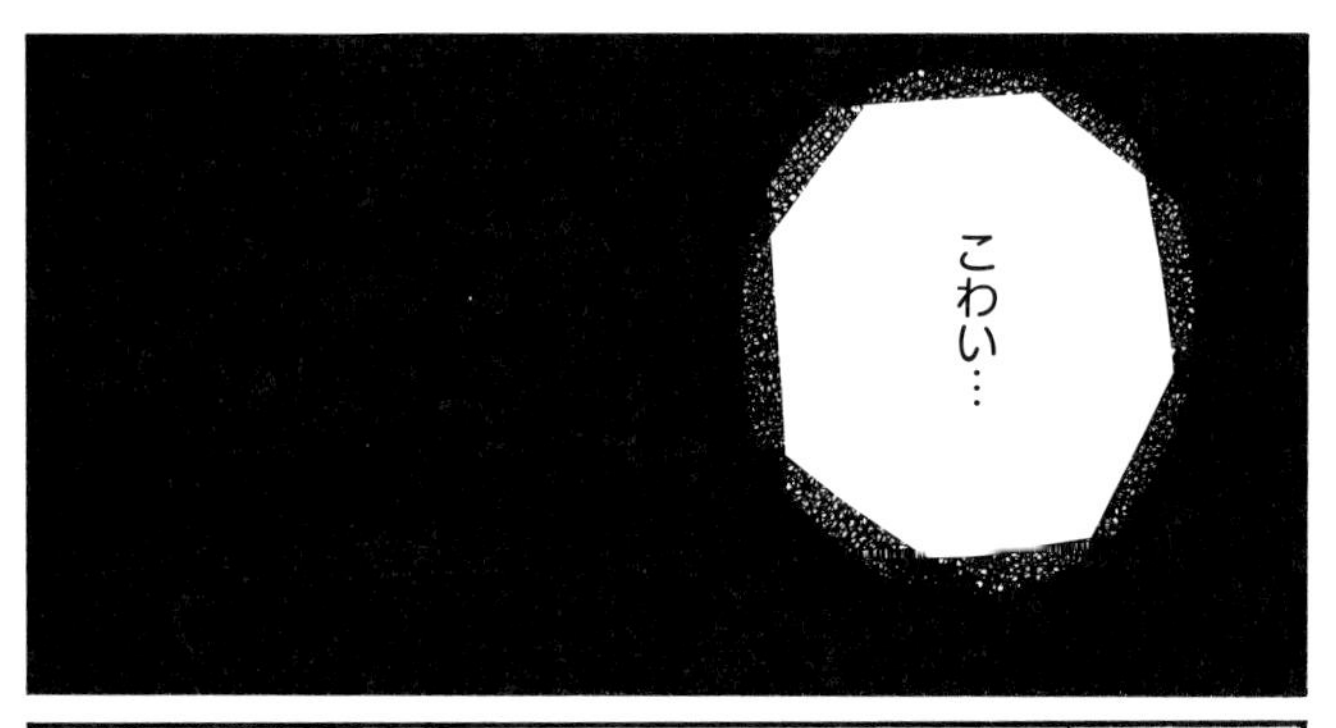
こわい…

交流会
花礼高校
──今日は北海道からみなさんをお迎えできてうれしく思います
恵理子キンチョーしてるべか?

ーーでは
花礼高校の
岡林恵理子さん
お願いします
パチ
パチ
ドキン
ドキン…
は
はい！
ガンバレ
パチ
パチ
パチ
パチ
パチ
パチ
パチ
パチ
ドキン
ドキン
ドキン…
ーー島の
いいところを
しっかり伝えて
くるんだべーー
…私の
故郷は

人が住む最北端の小さな島
礼文島です

住んでいる人みんなが家族のようなそんな小さな島です
——冬は厳しいですが
短い夏にはたくさんの花が咲き

花を追って
日本全国から
たくさんの方が
訪れます
――ある時
道の真ん中で
倒れている人を
見つけて…
「大丈夫ですか
おじさん
しっかり！」と
駆け寄ったら
…トドでした
あっ
？
どっ
あははははは

海には アザラシや トド
ハハハ…
ほっ…
空には ウミネコ カモメ
もちろん おいしいものも たくさん！
ウニは お菓子みたいに 甘くて ふわふわなんです

私の父も 漁師で――
みんな 元気かな…

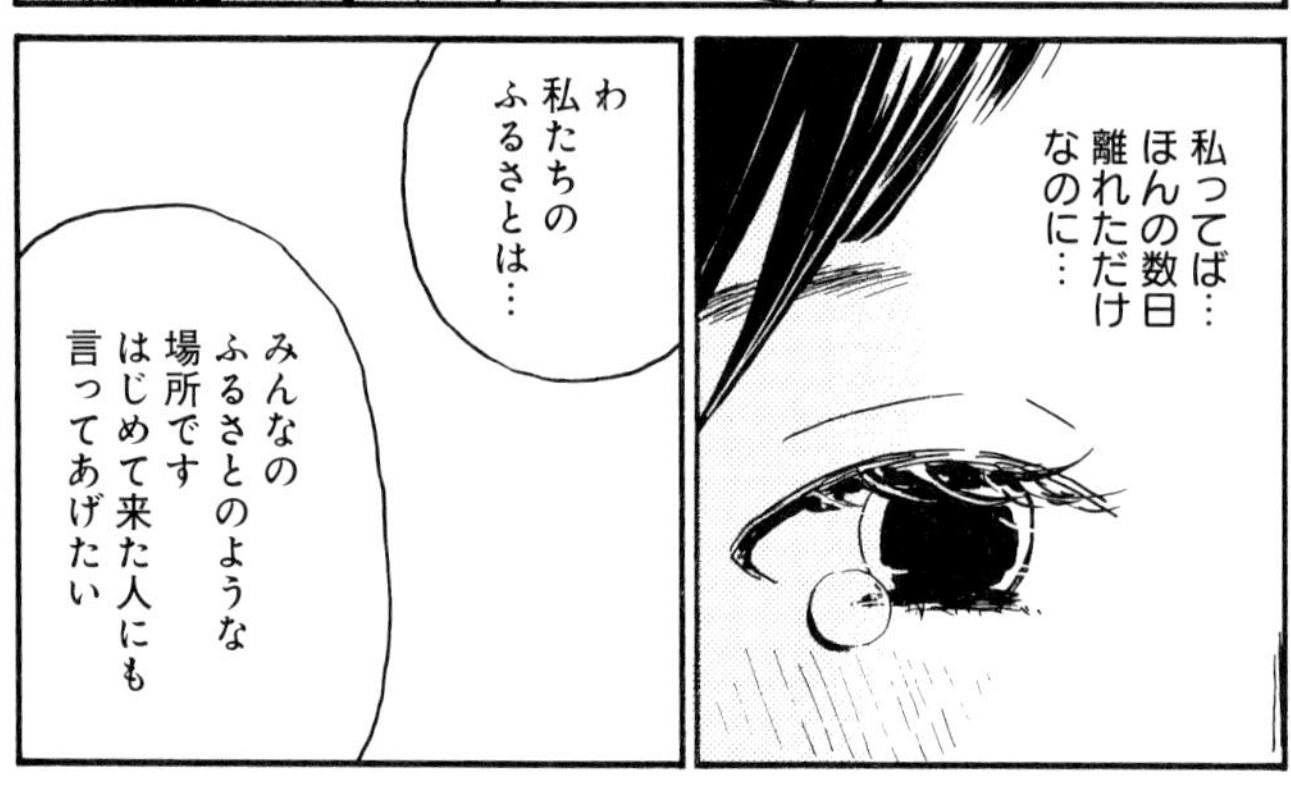
私ってば… ほんの数日 離れただけ なのに…
わ 私たちの ふるさとは…
みんなの ふるさとのような 場所です はじめて来た人にも 言ってあげたい

「ようこそ
礼文へ」
「おかえりなさい」
ポトン…
…パチ…

ワッ…
パチパチパチパチ
パチパチパチパチパチパチ
ハッ
ゴシ
ペコッ

ありがとうございました!

たた…
ダッセー超いなかっぺだよ

キッ
ムッと
してるよ
いなかへ
帰れ
ブス
トド
…なッ…
あの――

あの
ちょっと質問が…
ムキ…
!?
ギョ

君の学校はみんなカードゲームが得意で？
カカード…？
CARD
だってほら君の高校の名前ハナフダ高校でしょ？
札
おじさん花札じゃなくて花礼高校！
どっ
え
やー失敬失敬
ハハ…
ハハハハハ…
しらー
フン

……
…あのおじさん助け舟を出してくれたのかな
東京にはいい人もいるんだ…
ワイワイ
やあやあ先程は
あ…
君のねよかった涙が
ペコ…

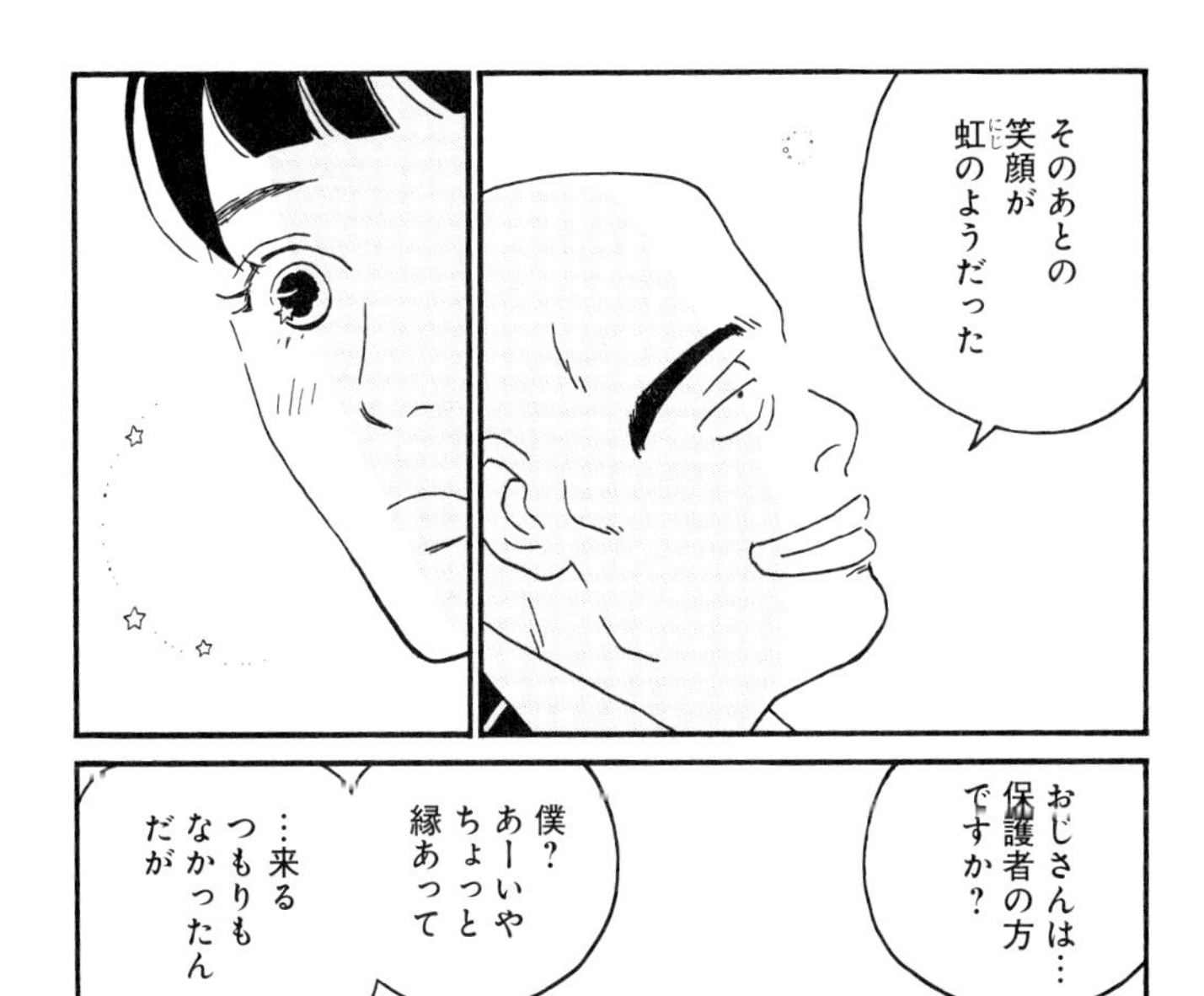
そのあとの
笑顔が
虹のようだった
おじさんは…
保護者の方
ですか？
僕？
あーいや
ちょっと
縁あって
…来る
つもりも
なかったん
だが

今日は
思わぬ
めっけもんだ
ニカ
ゴソ

ぽん…
東京へ来たら僕に連絡ください
芸能プロダクション…
よろずやプロよろずてっぺき…
よろずやプロ
萬 鉄壁
(元プロボクサー、いま社長)
元ボクサーいま社長
プッ
ヘンな肩書き

そう
その調子
君には
あるんだ
人を楽しませる
素質が
素質…
…って
ボクサーの？
わはは
はは
いい
いいね
その調子
くす…
フフ…
アハハハハ

ほらね
その笑顔がいいんだ
みんな 君にその笑顔で言ってもらいたいよ
「おかえり」って

あーもう
島に
着いちゃうべ
修学旅行も
終わりだぁ
…私も…
海のあっちへ
はばたける…？

この時の私は
あのおかしなおじさんに
私の運命を託すことに
なろうとは
思いもよらなかった
おかえりー
[end]

勝田 文（かつた・ぶん）
漫画家。著書に『マリーマリーマリー』（全６巻、集英社）、
『風太郎不戦日記』（全３巻、原作・山田風太郎、講談社）などがある。

解　説

瀧　井　朝　世

　生まれは北海道の礼文島。高校時代に修学旅行でやって来た東京でスカウトされ、タレントになった丘えりか、通称おかえり。その後はなかなか芽が出ず、三十歳を過ぎてレギュラー仕事は旅番組「ちょびっ旅」のみ。でも旅行が大好きな彼女は、スタッフにも恵まれて全国各地で楽しくロケを敢行していた——番組内でスポンサーの名前を間違って連呼してしまうまでは。番組は打ち切りとなり、絶体絶命のさなかにひょっこり舞い込んできたのは、病床に臥す娘の代わりに旅をしてくれないか、という奇妙な依頼。その仕事を機に旅の代行業「旅屋」を始めたおかえりの奮闘が描かれるのが、原田マハの長篇小説『旅屋おかえり』（集英社文庫）である。実は、連載時には掲載されていたものの、書籍には収録されなかった北海道旅行のエピソードがある。それがこのたび、満を持して刊行されることとなった。本書『丘の上の賢人　旅屋おかえり』である。本篇の他、札幌・帯広の旅を綴ったエッセイ「フーテンのマハＳＰ

旅すれば　乳濃いし」、おかえりの修学旅行時のエピソードを勝田文がコミカライズした「おかえりの島〜旅屋おかえり〜」も収録され、北海道をテーマとした一冊になっている。

『旅屋おかえり』では旅屋としての初仕事となる角館（かくのだて）・田沢湖方面の旅と、超難題を課された愛媛県・内子（うちこ）の旅が描かれるが、「丘の上の賢人」の旅はその間に引き受けた仕事である。札幌のモエレ沼公園で撮影された動画に映っている男性が、かつての恋人ではないかと思った女性からの旅の依頼だ。また、依頼人には長年仲違（なかたが）いしたままになっている姉が札幌にいるという。当初、おかえりは引き受けるかどうか迷う。というのも父が他界した時、母と「花開くまでは故郷へ帰らない」と約束したのだ。だが、依頼人の切実さを知り、北海道へ旅立つことに決めるのだった。

　画家や絵画を扱ったアート小説で広く知られる著者だが、実際は扱う題材は幅広い。作風にしてもシリアステイストからコミカルタッチまで多彩で、この「おかえり」シリーズ（と呼んでいいのか？）は著作の中でも明るく愉快な作品群に分類されるだろう。もちろん、ただ笑わせるのではなく、そこにさまざまな人間ドラマを盛り込んで切なさもたっぷり。複雑な背景のある依頼に対しておかえりがどのような

「成果物」を持ち帰るのかも興味深く、また、実在の観光地やご当地グルメもリアルであり、現地の人々の様子も活き活きとしていて、読めばその地に行ってみたくなるガイド本としての側面もある。

　なんといっても、旅行ができない人に代わって旅をするという「旅屋」の仕事がユニークだ。しかし決して、小説内だから可能な荒唐無稽なビジネスともいえない。というのも、コロナ禍において自由に旅ができなくなった時期、流行ったのがオンラインツアーだったのだ。ガイドが現地を歩きながら見どころを紹介してくれる映像を見て旅気分に浸った人も多いのではないか。つまり、誰かが旅する様子を映像で見せる仕事が実際に存在しているわけだ。もちろん緊急事態宣言下では旅屋自身も出かけられないから商売はできないが、この先、工夫次第で旅屋ビジネスには可能性がある。こうした職業を、感染症が広まるよりも前に作り出していた作者のセンスに恐れ入る。こんなふうに、旅に出て人と触れ合える仕事があるのなら、それはやっぱり、おかえりでなくても惹かれてしまう。

　けれどやっぱり、この仕事が魅力的に思えるのはおかえりの人柄によるところが大きい。明るくて仕事にとことん一生懸命で、人情家。旅先で、成果を得ることよりも相手の気持ちを優先しようとする優しさがある。どこか天然ボケで、そこがまた憎めない。また、本書に収録された漫画「おかえりの島」を読んで、ひとつ気づいたことがある。この漫画のおかえり、とっても可愛くないですか。考えてみたらスカウトされてタレントになるくらいだから当然といえば当然だが、みなさんは本書や『旅屋おかえり』を読みながら、彼女の容姿をどのように想像していただろう。私はすっかり、彼女が美人だという設定が頭から抜けていた。なぜなら、おかえりが自分の容姿を気にしている様子がまったくなかったから。彼女はその外見を鼻にかけることなく、むしろ見た目なんて気にしないで仕事に全力投球している。漫画を読んで、そのことにようやく気づいたのだ。それもまた、おかえりの魅力のひとつだろう。

元ボクサーの鉄壁社長や、元セクシーアイドルだった副社長兼経理担当ののんのさんもキャラが立っており、依頼人や旅先で出会う人たちも背後にさまざまな人生模様をうかがわせる。気難しい人もいるにはいるが、背負うものがあるからそうなっているだけで、基本的には登場人物みな心根の良さを感じさせるところも、この作品の心地よいところだ（元カレの元ちゃんだけは、ちょっと鼻につくのだけれど）。

著者の原田マハも、おかえりに負けず旅好きだ。とにかく常に国内外を飛び回っていて、つかまえるのが難しい。もちろん取材や仕事での旅行が多いが、旧知の友人と年に数回の国内旅行を四十歳の頃から習慣としているという。そうした旅の珍道中は著者のエッセイ集『フーテンのマハ』（集英社文庫）で読めるので、ご興味ある方はぜひ。収録されている沖縄旅行記で、デビュー作となる『カフーを待ちわびて』（宝島社文庫）の誕生秘話も披露されるなど、興味深い裏話もある。そして、おかえり同様、著者自身も旅先で面白い出来事を引き寄せる力が強い。具体例として、このエッセイ集には載っていない、比較的最近のインタビューでご本人から聞いた話をひとつ披露しよう。

二〇一六年、パリのオークションにゴッホが拳銃自殺した時に使ったとされるリボルバーが出品された。なんと、その時、著者はちょうどパリにいたのだという。もちろんオークション会場に足を運び、錆びだらけのリボルバーを見るだけでなく手に取って眺めたうえ、その様子をばっちりビデオに収めたというからさすがである。さらにその際、ル・モンド紙に呼び止められて取材され、コメントが記事になったというのだ。「ゴッホは日本と関係が深いから日本人の私に声をかけたんでしょうね」とご本人は言っていたが、なんとも貴重な体験をしたのは間違いない。そして、それらの出来事を通して、ゴッホの自殺の謎やゴーギャンとの関係をテーマにした小説が頭に浮かんだという。そう、同名舞台の原作小説『リボルバー』（幻冬舎）の誕生秘話である。

　このように著者にとって、旅と小説は密接な関係にある。旅が主題でなくても、国内外が舞台となる数々の作品どれもが、丁寧に現地を取材して書かれていることがよく分かる。そんな著者の旅好きという特質がいかんなく、楽しく発揮されているのが、この「おかえり」シリーズなのである（もう、シリーズと呼んでしまおう。続篇も期待したいし）。


　今回のおかえりの旅で印象深く残るのは、「ふるさととはなにか」という問いかけだ。旅を重ねるうちに、おかえりは「生まれた場所だけがふるさとではない」と気づく。では彼女にとっての「ふるさと」とはなにか。もちろん、本作の中にその答えはある。

　それとは別に、本シリーズを読んで実感するのは、旅は自分の「ふるさと」を再確認させてくれるということだ。旅の魅力といえば観光やグルメや出会いもあるし、非日常に身を置くことで日頃の自分や生活を客観的に見つめ直せることや、場合によっては転地療法的な効果も期待できる。旅の恥はかき捨てとばかりに普段より大胆になれて爽快だという人もいるかもしれない。そうした旅の醍醐味を満喫した後、人はたいてい、どこかに帰る。具体的にいえば自宅であり、抽象的にいえば日常であり、それが自分の居場所＝「ふるさと」だといえる。と同時にもうひとつ、旅とは、「また訪れたい」と思う場所、実際に再訪を繰り返す場所を増やす行為でもあるといえる。そういう場所について人はよく、「第二のふるさと」なんて言葉を使ったりするものだ。つまり、旅をしてお気に入りの場所を見つければ見つけるほど、人は「ふるさと」を増やしていくのだ。おかえりを見れば、まさにそうではないか。旅をするたびに、彼女にはまた行きたい場所、戻る場所が増えている。なにも深く馴染みのある場所だけがふるさとではないのだ。何度も訪れたい場所、懐かしい場所、恋しい場所。それらはみんな、ある種の「ふるさと」だ。そしてきっとそれは、物理的にどこかに出掛ける旅だけではなく、書物の中の旅や、記憶の中への旅、空想の旅だっていい。ちょっとだけ足をのばしていろんな世界をのぞけばのぞくほど、愛しいふるさとは増えていく。そんな豊かさに、おかえりは気づかせてくれる。

さて、この本を閉じたら、あなたはどんな旅を始めてみますか？

（たきい・あさよ　ライター）

本書は、以下に掲載された作品に、描き下ろしの「おかえりの島～旅屋おかえり～」を加え、加筆・修正したオリジナル文庫です。

初出
「丘の上の賢人」　集英社WEB文芸「レンザブロー」二〇一〇年三月～七月
「フーテンのマハSP　旅すれば　乳濃いし」「小説すばる」二〇一四年九月号

なお、「フーテンのマハSP　旅すれば　乳濃いし」に登場する施設や飲食店等は取材当時のものです。予めご了承ください。

本文イラスト／原田マハ
漫画扉デザイン／山田恵子

原田マハの本

旅屋おかえり

売れないアラサータレント〝おかえり〟こと丘えりか。ひょんなきっかけで始めた「旅代理業」は、行く先々で出会った人々を笑顔に変えていき……。感涙必至の旅物語。

集英社文庫

原田マハの本

フーテンのマハ

とにかく旅が好き！　敬愛する寅さんにちなんで〝フーテン〟を自認する著者は、日本のみならず世界中を飛び回る。笑いあり、涙あり。読めば元気になれる取材旅行エッセイ。

集英社文庫

原田マハの本

ジヴェルニーの食卓

モネ、マティス、ドガ、セザンヌ——。時代を切り拓いた美の巨匠たちは、何と闘い、何を夢見たのか？　彼らとともに生きた女性たちの視点から色鮮やかに描き出す短編集。

集英社文庫

原田マハの本

リーチ先生

日本の美を愛し続けたイギリス人陶芸家、バーナード・リーチ。東洋と西洋の懸け橋となったその生涯を描く、感動のアート小説。第36回新田次郎文学賞受賞作。

集英社文庫

集英社文庫

丘の上の賢人 旅屋おかえり

2021年12月25日 第1刷
2022年1月24日 第2刷

定価はカバーに表示してあります。

著 者 原田マハ

発行者 徳永 真

発行所 株式会社 集英社
東京都千代田区一ツ橋2-5-10 〒101-8050
電話 【編集部】03-3230-6095
【読者係】03-3230-6080
【販売部】03-3230-6393(書店専用)

印 刷 大日本印刷株式会社

製 本 大日本印刷株式会社

フォーマットデザイン アリヤマデザインストア　マークデザイン 居山浩二

ISBN978-4-08-744329-5 C0193